茨木野
Illustration ana
~定時で帰るため、裏でボスを倒してたら追放されました~
実は
ギルド職員、
Sランク召喚士だった

「おぬしがウワサのギルト・インヴォークじゃな？」

「……は、はひ？　は、はい……」

「くかかっ、ウワサ通りの口下手なヤツじゃな。

面白いヤツじゃや！　ますます気に入ったぞ」

ヘンリエッタさんは僕に手を差し伸べる。

ヘンリエッタ・エイジ（12歳）

Sランクギルド【天与の原石】のギルドマスター。

神狼と人間のハーフ。

未来の可能性を見抜く魔眼を持っている。

「キルト・インヴォーク。わしはヘンリエッタ。
おぬしを我がギルドに……
スカウトに来たのじゃ！」
キルト・インヴォーク（16歳）
冒険者ギルド【落日の獅子】で受付として働いている。
表向きは心優しい少年だが、
実は伝説のSランク冒険者"黒銀の召喚士"。

「もうだめですうー……！」

と、そのときだった。

一瞬で黒い獣たちが、跡形もなく消え去ったのだ。

目の前の信じられない光景に、彼女は絶句する。

「……だい、じょー、ぶ？」

彼女の隣にふわりと降り立つのは
黒いコートを着た、銀仮面の男だ。

「あ、あのぉ……あ、あなたは……？」
「……通りすがり、です。おけが、は？」
銀仮面の男が聞いてくる。

クリスティーナ（200歳）

エルフの王族の娘で、魔法が使える。
天真爛漫で情熱的だが、子供っぽい。

「はぅ……♡ 優しい……！ 好き……！」

黒獣を葬り去る強さ、
そして女性を気遣う優しさ。
そんな彼にクリスティーナは
秒で惚れたのだった。

リビングスペースにて、
僕らは食卓を囲んでいた。
テーブルの上にはたくさんの料理と、
ニィナのための誕生日ケーキ。
「わぁ！　みんな……
ありがとうッ！」
ニィナが目を輝かせて、
テーブルの上の料理を見ている。
「おいしそう！
でも兄さん、
こんな手の込んだ料理、
作る暇あったの？」
「……みんなで、協力した、よ？」

……仕事をクビになって、
色々あったけど、
それがきっかけで、
妹がより幸せになれたのなら……
それでいい。
ああ、こんな幸せが、
ずっとずっと、
続きますように――
そう切に願った。
コーネリア・
クロスアンジュ(18歳)
ギルド【落日の獅子】のメンバー。
かなり強いAランク冒険者。
ダンジョンでモンスターに襲われているところを
キルトに助けてもらい、以後、仲間になる。
ニィナ・
インヴォーク(10歳)
キルトが溺愛する妹。
兄に負担がかからぬよう泣き言を言わないが、実は甘えん坊。
実は隠れた力を持っている。

CONTENTS

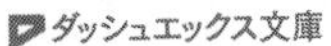

落ちこぼれギルド職員、実はSランク召喚士だった

～定時で帰るため、裏でボスを倒してたら追放されました～

茨木野

01. ギルド職員、忙しくて家に帰れない

どこの街にでもある、冒険者ギルド。

僕はギルド職員として働いている。

僕、キルト・インヴォーク。一六歳。

「……お、お待たせしました！　つ、次の方どうぞ」

「キルトてめえ！　待たせてるんじゃねえよ、クソ！」

冒険者ギルド【落日の獅子】。

この日は、とんでもなく忙しかった。

僕は手を動かしながら、カウンターの向こうを見やる。

ギルドに併設された酒場で、冒険者たちは楽しそうに語り合っている。

「つい最近できたダンジョンのウワサよぉ、聞いたか？」

「ああ、ボスがミノタウロスなんだって？　Sランクの」

「やべえ……でも、それだけランクの高いダンジョンってことは、お宝も相当価値の高いものなんじゃね！」

「うわ、期待が高まるぅ！」

……そう。この街の近くにダンジョンが新しく出現したのだ。

この世界においてダンジョンとは、突発的に生まれ出てくるもの。

ダンジョンには迷宮の主とも言えるボスが存在する。

ボスを倒せば、クリアした者に巨万の富を与え、ダンジョンごと消える。

逆に言えば、ダンジョンがクリアされない限り、いつまで経ってもダンジョンは消えない。

冒険者たちは、この地下に広がる大迷宮に夢とロマンを求めてやってくる。

人が集まるとどうなるか？

依頼を発注するギルド、しいてはギルド職員が忙しくて死ぬってわけ。

「おいキルト！　もたもたすんじゃねえよ」

待たされていた冒険者が声を荒らげる。

「……ひっ……す、すっみません」

僕は依頼書を彼に手渡す。

「何ボサッとしてたんだよ。仕事中によそ見とは感心しねえなぁ」

「……ごめんなさい」

「いいかぁ、若いうちから仕事に身が入らんようじゃいかんぞぉ。おれが若い頃はなぁ」

冒険者さんが若い頃の自慢話を始めた。

そんなのいいから、早く退いて！

彼の後ろには長蛇の列ができている。

これを全部片付けないと、家に帰れないじゃないか……！

「で、あるからしてぇ」

「……あ、あのぉ」

「あ？　んだよ、気持ちよく語っているところに水差すんじゃあねえよ」

冒険者さんが不機嫌そうに顔をしかめる。こ、こわい……冒険者の人って怖い人多いんだよなぁ。

で、でも後ろがつかえているし……ちゃんと注意しなきゃ！

「……あ、あの……その……」

凄い睨まれた……！

こ、怖い……。

で、でも駄目だ！　ここで引いちゃ……家に帰れないいいじゃないか！

「……う、うし、後ろ……待ってる！　ひと……いますんで……どいて、ください！」

僕が急に大声を出したからか、冒険者さんはびっくりしていた。

他の冒険者さんたちが、先頭の彼を睨んでいる。

「チッ……！　わかったよ……」

依頼書をひったくるようにして受け取ると、彼はその場を後にする。

よかった……つ、次だ！

……そんなふうに、僕はギルド職員として、受付カウンターに座り、冒険者さんたちの用件を捌いていく。

その日の夜。

「お、おわら……ない……」

僕は一人書類の山の中にいた。

すっかり明かりが落ちてるギルドの中で、僕だけが働いている。

他の職員は僕に仕事を押しつけ、さっさと帰ってしまったのだ。

手伝ってと言う前に帰られた……うう……。

冒険者さんたち相手の受け付け業務だけが、僕の仕事ではない。

山のように積まれた報告書をまとめること。

足りない備品の管理簿をつけること。

起案文書を作ること……などなど。

でも仕事が遅れている一番の原因は……ボスが倒されずにいることだ。

「……もう、遅い。連絡、しないと」

僕は右手でペンを操りながら、左手のひらを上に向ける。

僕の人差し指には銀の指輪がはめてあった。

「……召喚」

ボンッ……！　と音を立てて、指輪から一冊の古びた魔本が出現する。

宙に浮く本が自動的に開くと、ページがぱらぱらぱら……と凄い勢いで捲られる。
「……召喚【伝言鳩】」
ページがある場所で止まり、本が光りだす。
そこから出てきたのは、一羽の鳩だ。
これは伝言鳩と呼ばれる特別な鳥。
つがいで存在し、相方の鳩を通して、遠隔地にいる人物と会話することができる。
「……に、ニィナ。聞こえる？」
僕は鳩に向かって声をかける。
すると鳩が口を開いて、人間の言葉を話す。
『うん、聞こえてるよ兄さん』
声の主は、僕のとてもかわいい、六つ年下の妹だ。
名前はニィナ。
伝言鳩の片割れが妹のベッドの脇にいつも待機している。
鳩が彼女の声を、リアルタイムで僕に届けてくれるのだ。
『今日も……帰りが遅くなりそうなんだよね？』
「……う、うん……ごめんね、寂しい思いさせて」
僕には、両親がいない。
母は病気で七年前に死んでしまった。

父は、ニィナが幼い頃に家を出て、それきり音信不通。

職場では死亡扱いされていた。

ニィナにとって唯一の肉親は、僕しかいない。

『ううん、いいよ！　全然気にしないで、兄さんは私のこと養うために、一生懸命お仕事してるんだもん』

ニィナはまだ一〇歳だ。

甘えたい年頃だろうに……彼女は絶対にワガママを言わないのだ。

強い子だ……。

「……ごめんね」

『もー、兄さん、謝らないでよ』

「……で、でも……おまえ寂しいだろ？」

『まっさかー。もう私一〇歳ですよ？　いつまでも兄さんに甘えるような、子どもに思えます？』

すました声でニィナが言う。

だが僕は知っている……これは、強がりだ。

「……ごめんニィナ。近くにダンジョンができちゃって、仕事が増えたんだ」

『確か……ダンジョンにうろつくモンスターを討伐するのに冒険者さんが集まってくる。で、ダンジョンが攻略されない限り、モンスターは永遠に湧き続けて……結果、冒険者さんもよそからぞくぞくやってきて、仕事が増えるんだっけ？』

その通り。

ニィナは本当に賢いなぁ。

『早くダンジョンがクリアされるといいね。有名な召喚士さんが現れたらなぁ』

……召喚士。

モンスターなどを呼び出して、従わせ……戦わせる職業。

だがこの街で召喚士といえば、単なる職業名ではなく特定のとある人物を指す。

「……そうだね。召喚士の、出番かもね」

『？　どういうこと？』

「……なんでもない。じゃあね、ニィナ」

『うん、兄さん、お仕事頑張って！　応援してるよー！』

伝言鳩の通話が途切れる。

僕は深く……深くため息をつく。

「……待ってても、ダンジョンはクリアされない。仕事は……増える一方だ」

この街に新しいダンジョンができてから半月。

もう半月だ。

普通はもっと早くクリアされる。

一週間もあればたいていのダンジョンは、よほどのことがない限りクリアされて消える。

……だから、二週間経っても消えないということは、それだけダンジョンの難易度が……ボスのレベルが高いということ。

「…………」

僕は、ギルド受付の引き出しを開ける。

そこには一つの……仮面が入っていた。

つるりと、まるで鏡のようにピカピカに磨かれた銀の仮面。

一緒に入っていたのは黒いフード付きのコート。

そして……一枚のギルド証。

ギルド証。冒険者ギルドに所属するともらえる、身分証だ。

そこには……こう記されていた。

【Ｓランク】と。

冒険者は、実力と貢献度に応じてランク分けされている。

最低がＦ。最高が……Ｓ。

Ｓランク冒険者は、この世界で数えるほどしか存在しない。

その中の一人が…………あろうことか、僕だった。

「……仕方ない。気乗りしないけど、家に早く帰るため……妹のためだ」

僕は仮面と黒コートを身につけて、一人夜の闇へと消えるのだった。

02. ギルド職員、S級モンスターをワンパンする

ギルド職員、キルトがとある決意を固めた一方その頃。

ギルド、落日の獅子のさる冒険者パーティが、件のダンジョンの最深部にいた。

ダンジョン。迷宮。

古来より存在し、その中に強大な魔物と目も眩むような財宝を有している。

特に、最深部に存在し、迷宮の主とも言えるモンスターは、【迷宮主】と呼ばれていた。

ボスはダンジョン内で最も強いモンスターである。

ダンジョンによってボスの強さもまちまちだ。

ボスは総じてレベルが高いが、倒せば莫大な金と、そしてレアアイテムが手に入る。

落日の獅子に所属する、Aランク冒険者の【コーネリア】は、ボスを相手に大苦戦を強いられていた。

赤い髪をポニーテールにし、白銀の鎧に身を包んだ女騎士だ。

「なんて強さだ……こいつは、化け物か……？」

コーネリアは眼前のボスを見やる。

「ブボォオオオオオオオオ！」

ミノタウロス。

顔が牛で体は人間の亜人型モンスターだ。

鋼のような肉体は、自分の体と同じサイズの斧を片手で軽々と振り回す怪力を秘めている。

「せやぁあああああああ！」

コーネリアは体を魔力で強化し、ミノタウロスめがけて疾風のように走る。

一瞬で距離を詰め、目にも留まらぬ速さで敵を切りつける。

「【秋雨連斬】！」

一呼吸で一〇回の斬撃を放つ、強力な攻撃スキルだ。

ミノタウロスの硬いボディを容易く八つ裂きにする。

「やったな、コーネリアさん！」

味方がその目に希望の色を浮かべる。

だが彼女の背筋に、ゾクリと悪寒が走る。

「総員退避！」

しかしコーネリアの号令が仲間の耳に届くより早く、敵が反撃してきた。

「ボブォオオオオオオオオ！」

ミノタウロスの振り上げた斧に雷が宿る。

振り下ろされた刃が地面を砕く。

激しい衝撃と共に雷鳴が轟く。

広範囲にわたる強烈な一撃を……コーネリアのパーティ全員がまともに食らってしまう。

「きゃぁあああああ！」

冒険者たちは木の葉のように吹き飛ばされ、無様に地面を転がる。

「み、みな……無事か……？」

コーネリアはかろうじて生きていた。

「なんとか……」

「コーネリアさんが防御スキルを展開しなかったら……俺ら死んでた……」

彼らが絶望の表情で、自分たちを窮地に追い込んでいるモンスターを見やる。

「そんな……コーネリアさんの連撃は確かにヒットしたはずなのに……無傷⁉」

「いや……あれは再生能力が異常なんだ」

「そんな……パワーもやばいのに、そのうえ耐久性まで桁違いだなんて……」

ぴんぴんしているミノタウロスを見て、パーティメンバーたちが青い顔をして呟く。

一歩、一歩とミノタウロスが近づいてくる。

獰猛な笑みを浮かべながら、斧を引きずり歩いてくる。

まるで人間たちに恐怖を与え、楽しんでいるかのようであった。

「もう……おしまいだ……」

「諦めるな……！」

ふらりと、コーネリアが一人立ち上がる。

「諦めたらそこで終わりだ！　私は倒れん。皆で生きて帰るために」

「「コーネリアさん！」」

とはいえ彼女は立っているだけでやっとの状態だった。

「ぶぼぉお……！」

にやり、とミノタウロスはその大きな手で彼女の首を乱暴に摑む。

「ガッ……！」

そのまま力を入れて、コーネリアの首をへし折ろうとする。

「ここまで……か。……さらばだ、みんな……」

と、そのときだった。

「……召喚」

どこからか、男の声がしたのだ。

と思った瞬間、ミノタウロスが……消えた。

「え……？　きゃっ！」

いきなり宙に放り出されたコーネリアを、誰かが優しく受け止める。

「あ、あなたは……？」

そこにいたのは、奇妙な仮面をつけた、黒衣の男だった。

その仮面はまるで鏡のように、表面が銀色に輝いている。

「黒いコート……銀の仮面……ま、まさかあなたは……」

その特徴に合致（がっち）する男を、コーネリアは知っている。

だが、そこへミノタウロスが襲いかかってきた。

いつの間にか、敵は遠くに移動していたのだ。

「なぜ……やつは、あんな離れたところにいたのだ？　彼が……何かしたのか？」

「ボブォオオオオオオオ！」

ミノタウロスは雷を纏（まと）った斧を振り上げる。

先ほどコーネリア・パーティを壊滅寸前に追い込んだ、強烈な一撃を放つ。

「あぶない！　避けて！」

だが、仮面の男は避けない。

「……召喚」

ミノタウロスが斧を振り下ろした……だが、衝撃は発生しない。

「「なっ……!?」」

敵も、そしてコーネリアも驚く。

モンスターの手にあったはずの斧が、消えていたからだ。

「そんな……いったい、どこへ……？」

動揺するミノタウロスを前に、仮面の男は再び詠唱する。

「……武装召喚【纏雷（てんらい）の斧】」

男の手には……先ほどまでミノタウロスが握っていた斧があった。

「そ、それはミノタウロスの……？　どうして……？」

男は答えない。

だが彼はミノタウロスの得物であるはずの巨大な斧を、片手で軽々と持っている。

「……伝承召喚【ヘラクレス】」

「伝承……召喚？」

その瞬間、男の纏う雰囲気が、変わった。

コーネリアは、彼の背後に、鋼の肉体をもった英雄の姿を幻視する。

「…………」

彼は体をぐっ、と縮ませる。

そして……斧を振り下ろした。

「!?」

雷の刃となって、ミノタウロスへと襲いかかる。

硬い迷宮の床を破壊しながら、男の放った雷の一撃は……ミノタウロスを一瞬で消し炭に変えた。

その体が輝いていく。

モンスターは倒されると、光となって消えるのが通例だ。

「す、凄い……ミノタウロスを、Sランクモンスターを……一撃で倒した？」

モンスターだったものの粒子は、男の方へと向かっていく。

いつの間にか、男の手には分厚い革の本が握られていた。

彼の開いたページにミノタウロスの光は吸収されていく。

「……ミノタウロス、ゲット」

ぱたん、と男がページを閉じる。

「そ、そうか……あなたか！　あなたがあの伝説の召喚士、【黒銀の召喚士】様だな⁉」

ざわ……とコーネリア・パーティのメンバーたちがざわつく。

「こくぎんの、しょうかんし？」

「知らないのか？　この辺りで時たま出没する、謎のSランク冒険者だよ！」

「黒銀様だ！　わたし、初めてお目にかかりました！」

「実在したんだ黒銀って！」

彼らにとって黒いコートの男は伝説級の存在であるのだ。

ダンジョン攻略が難航していると、いずこより現れて、ボスを単独で倒していくという。

「普通の召喚士は、使い魔を召喚するだけだ。けど黒銀は違う……！　相手の武器や、技すらも召喚して戦うんだ！」

「武器に技を召喚⁉　そんなの聞いたことない……す、すげえ……！」

黒銀はちら、と冒険者たちを一瞥(いちべつ)する。

「……伝承召喚【治癒(ちゆ)の女神エイル】」

黒銀が召喚術を発動させる。

彼の頭上に、巨大な女神が出現した。

ふぅ……と女神が息を吹きかけると、冒険者たちの傷が一瞬で癒えた。

「伝説の治癒の女神すらも喚び出すだと⁉」

「さすが黒銀！」

わぁわぁ、と沸き立つ冒険者たち。

一方で、コーネリアは彼の前に立つ。

「黒銀殿！　あなたは我々の命の恩人だ！」

コーネリアは黒銀の手を摑んで、何度も上下に振る。

だが彼は何も言わず、その手をやんわり振りほどく。

「……魔法召喚【転移】」

一瞬で、彼が消える。

転移魔法を召喚し、使用したのだろう。

「魔法すら召喚してみせるなんて……さすがSランク。我々とは……レベルが違う」

コーネリアは、晴れ晴れとした表情で言う。

「礼を言いそびれてしまった……黒銀の召喚士殿……必ず貴方を探し出して、お礼を伝えに行くぞ」

03. ギルド職員、追放されるがホワイトギルドに再就職する

「キルト・インヴォーク。貴様は今日限りでクビだ」

　ミノタウロス討伐から、数日後。

　僕はギルドマスターに呼び出されていた。

「……く、クビ？　どうして……ですか、【クソジョーシ】さん？」

　クソジョーシ。僕が勤めるギルドの、ギルドマスターその人だ。

　五〇歳くらいのガッシリとした体つきの男が、僕を睨みつけている。

「そんなこともわからぬのかこの間抜けが」

　その瞳には僕に対する侮蔑（ぶべつ）の色が籠（こ）もっていた。

　わからない……どうして、僕はクビになるんだ……？

「バカな貴様に解雇理由を教えてやろう。貴様が、定時に帰るからだ」

「…………………はい？」

　全くもって予想外の答えに、僕は困惑（こんわく）する。

　てっきり、正体がバレたからクビになるとばかり思っていた。

黒銀の召喚士。
それは……何を隠そう、僕のこと。
ギルド職員がSランク冒険者をやっているなんて、誰も予想だにしない。
だから、今までバレずに済んだ。
正体を隠すには理由がある。
それは、このギルドの職員は副業を禁止されているからだ。
バレたらクビになる。
その覚悟ではいたけれど……。
クビになる理由がさっぱりわからない。
「……て、定時で……上がることに」
「あ？　なんだ貴様？」
ぎろりとクソジョーシさんが睨んでくる。
怖い……この間のミノタウロスなんかよりも、よっぽど怖い……。
だってこの人は僕の雇い主、彼の考え一つで首が飛ぶ。
物言わぬモンスターの方が万倍も可愛らしい。
「……あ、あの……て、定時に上がって、なにが、悪いんですか？」
そもそも営業時間は定められているのだ。
そこを超過して働く方がおかしいのである。

今日の仕事は全部完璧に終わらせた。

ボスが倒され、ダンジョンが消えたことで、仕事の忙しさは軽減していた。

「はぁ～～～～～～～～～～。よくもまあ、そんなことが言えたものだな。これだから今時の若いヤツは……」

いいか、とクソジョーシさんがため息交じりに言う。

「貴様は一六歳、このギルドで最年少だな。一番若いヤツが、職場の誰よりも先に帰るなんて……非常識だとは思わぬのか？」

……ひ、非常識だって？

なんで？　だって、就業時間中はしっかりと働いているんだよ？

定められた労働時間を過ぎたら、別に帰ってもいいでしょう？

そりゃ、仕事が終わってないなら残ってやるべきだよ？

でも……一日の仕事を、きっちりとこなしているんだよ？

……ちゃんと、言わなきゃ。

自分は間違ってないって。

それに、僕が早く帰るのは、家で病弱な妹が一人、帰りを待っているからだ。

僕には父も母もいない。

妹は、ニィナは……家でたった一人の家族である僕の帰りを、待っているんだ。

「…………」

反論、しなきゃ。

だってここで言い返せないと、クビになってしまう。

クビになったら、ニィナをどうやって養っていけばいい？

いけ、言うんだ。

僕は……僕は……。

「どうした？　キルト。なにか、わしに意見でもしようっていうのか？　ん？」

「……あ、え、あの……その……」

「声が小さいぞバカもんがぁ……！」

どんっ！　とクソジョーシさんが机を叩く。

「貴様はいつまで経っても挨拶一つまともにできんとは！　そのくせ、皆が頑張って働いている中、定時に上がるとはなぁ。まったく、心苦しいとは思わないのか？」

……確かに、僕はあまり他人と会話するのは得意ではない。

それでも……お給料のために頑張って、窓口に来る冒険者さんの対応をしている。

でも別に定時で上がることと、僕が口下手なこととは無関係だろう？

第一、ちゃんと仕事を終わらせて、定時で上がることの、何がいけないんだ？

「貴様のようなヤツがいるとギルドの士気に関わる。ゆえにクビにする。異論はないな？」

……ある。ありまくりだ。

僕はクビになんてなりたくない。

お給料がもらえなくなったら、妹が困る。
「異論はないようなので、即刻貴様はこのギルドから立ち去れ」
「………………」
いやだ。いやだ、やめたくない……。
ギルド職員は、冒険者のように一攫千金を狙えるような仕事じゃない。
けど……安定している。
毎月決まったお給料が振り込まれる。
それはとてもいいことだ。
冒険者なんて水商売のようなもの。
金が入らない日だってざらだし、何より危ない。
多少僕も腕は立つけど、それでも絶対に死なないなんて保証は、どこにもない。
ギルド職員が、一番よかった。
妹のためを考えるのならば。
だから……でも……。
と、そのときである。
「未来ある若者が、落ち込むでないぞぉ！」
ばんっ！　とギルマスの部屋の扉が勢いよく開かれる。
な、なんだ……？　急に……来訪者？

入ってきたのは、小さな子どもだった。

長い銀髪に黄金の瞳が特徴的な、どう見ても一〇歳前後の女の子。

「貴様は、【天与の原石】のギルドマスター、【ヘンリエッタ】！」

ヘンリエッタ……ちゃん？　さん？　は無遠慮に部屋に入ってくる。

にやりと好戦的な笑みをずっと浮かべているけど……。

だ、誰……？

よそのギルドのギルマスが、どうしてここに？

「おぬしがウワサのキルト・インヴォークじゃな？」

「……は、はひ？　は、はい……」

「くかかっ、ウワサ通りの口下手じゃな。面白いヤツじゃ！　ますます気に入ったぞ」

ヘンリエッタさんは僕に手を差し伸べる。

「キルト・インヴォーク。わしはヘンリエッタ。おぬしを我がギルドに……スカウトに来たのじゃ！」

す、す、スカウトぉ……！

何を突然そんなことを……。

「正味こんな劣悪な環境の職場にいるよりも、わしのギルドに来た方がよいぞ。給料もここの倍、有休も一年間に二〇……いや、四〇日用意しよう。無論週休二日じゃ」

な、なんだそりゃー！

すごい……破格の条件じゃあないか！

で、でも……なんで僕ごときを、スカウトしに来たんだろう……。

ヘンリエッタさんは、僕の心の中を見抜いたように、またもやにやりと笑う。

つかつかと近づいてきて、僕にしか聞こえないように耳元で囁く。

「……わしがおぬしを欲する理由は、おぬしがキルト・インヴォークであり、黒銀の召喚士でもあるからじゃ」

「!?」

こ、こ、この人……僕が黒銀だってこと、知ってる!?

「……副業についても許そうではないか」

「なっ!?」

なんて……こった。

すごい好条件じゃあないか！

「おい、何をこそこそと勝手に話を進めてるのだヘンリエッタぁ！」

クソジョーシさんが立ち上がって、ヘンリエッタさんに近づく。

「こいつをもらい受けるだと？　そんなこと許さん！」

「なんじゃ？　おぬしはキルトをクビにしたではないか」

「そ、それは……だとしても、元とはいえ、わしのギルドの人間を貴様に取られるのは、許さん！」

ヘンリエッタさんはフンッ、と鼻を鳴らす。

「キルトよ。気にするでない。こやつはわしに嫉妬しておるのじゃ」

「……し、嫉妬」

「ああ。こやつのところより、うちのギルドランクが上なのが気に食わぬのじゃろうな」

ギルドランク。

文字通り、ギルドとしての格付けのことだ。

ランクの一番下はC、一番上はS。

同ランク内部でも順位がある。

そういえば、【天与の原石】さんは、たしかS級1位の超有名ギルドだって聞く。

翻って【落日の獅子】は……S級7位。

「黙れヘンリエッタ！　とにかく貴様にやる人員などない！」

「だから貴様はもうキルトをクビにしたのじゃろう？　ならわしがどうしようと貴様には無関係じゃ」

「確かにキルトは出来損ないのクズだし、いなくなったところで痛くもかゆくもないが……！　貴様に取られるのが癪に障るのだ！」

面と向かって出来損ないだのクズなどと言われると……凹む。

でもクビになるってことは、本当のことなんだろうなぁ。

はぁ～……。

「く……くははは！　あーはっはっはぁ！」

ヘンリエッタさんが大笑いしだした。

「な、何がおかしいのだっ？」

クソジョーシさんが顔を真っ赤にして叫ぶ。

「あー……あ。おいクソジョーシ。貴様に一ついいことを教えてやろうかの」

「いいことだと？」

ああ、とヘンリエッタさんが頷く。

「貴様はキルトを追い出したことをすぐに後悔するのじゃ。なぜなら……彼がこのギルドを支える、屋台骨だったのじゃからの」

ぽかーん……とした表情でクソジョーシさんが固まる。

「ぷっ……ぷぎゃははは！　何を言いだすかと思ったら、バカなことを！」

「その様子では気づいておらぬか。キルトが一人で一〇人……いや、五〇人分くらいの仕事をこなしていたことにな」

「バカも休み休み言え。五〇人だと？　口下手のクズ一人が？」

「ふん。まあせいぜい馬鹿にしておるがよい。だが……もう一度断言しよう。貴様は、キルトを追い出したことを、深く後悔するとな」

……なんで、そんな自信たっぷりに言えるのだろう？

にんまり、とヘンリエッタさんが笑って言う。

「わしは人を見る目には自信があるのじゃ。他人とは少々、目が違うものでな」

ヘンリエッタさんは自分の黄金色の瞳を、大事そうに、まぶたの上から撫でる。

「さてキルトよ、こんなところさっさとおさらばしようぞ」

04.　始まりの終わりと、終わりの始まり

僕は【落日の獅子】をクビになったその足で、銀髪幼女マスターのヘンリエッタさんについて歩いていた。

「あ、あの……ヘンリエッタさん？」

「ん？　なんじゃキルトよ？」

彼女はあどけない瞳で僕を見上げてくる。

クソジョーシさんと違って、声を荒らげない。いい人だ。

「……あ、あの……その、すみません。あなたの、期待に応えられるような……者じゃ、ないですよ、僕」

彼女は、僕が落日の獅子の屋台骨だって言っていた。

けど、僕がそんなに仕事ができる人間とはどうにも思えない。

S級1位のトップギルドから、スカウトされていい人間じゃ……ない。

「謙虚な少年じゃな。ますます好きになってしまうではないか♡」

ニッ、と笑ってヘンリエッタさんが僕の腰に抱きつく。

ふわりと甘い匂いが僕の鼻腔をつく。

「わしは嘘を言っておらぬよ。考えてもみろ、やつのところは腐ってもS級ギルド。その仕事量は他ギルドの追随を許さぬ」

そうなのかな？

僕、最初に就職したのが落日の獅子で、それ以外のギルドのことを知らないからわからないや。

「じゃが、そんな膨大な仕事が毎日割り振られる中で、定時に上がれる方がおかしいのじゃよ。そうは思わぬか？」

「……よく、わかりません」

やれやれ、とヘンリエッタさんがため息をつく。

「まあ今はそれでよい。だが、わしはおぬしを必要としている……これは事実じゃ」

ヘンリエッタさんが微笑みながら、僕の前に立つ。

「改めて、わしのギルドに入ってくれぬか？　キルトよ」

……ヘンリエッタさんからのお誘いは、正直嬉しい。

病弱な妹を養わなきゃいけない状況の中でのクビ。

路頭に迷いかねないところに……ヘンリエッタさんが手を差し伸べてくれた。

嬉しい、嬉しいよ……でも……。

「……僕じゃ、あなたのお役に、立てません」

定時に帰るのがクビの理由なのは納得できないとはいえ、上司に評価されるような仕事ができなかった僕に……果たして価値があるとでもいうのだろうか。

「おぬし、少々抜けておるなぁ。ま、そこが、可愛いところなんじゃが♡」

ヘンリエッタさんは僕を馬鹿にせず、真っ直ぐに目を見てくる。

「役に立つかどうかは関係ない。わしは、今、君を……他でもないキルト・インヴォークを、必要としている。ただそれだけなのじゃ」

……ヘンリエッタさんが僕に手を差し伸べてくる。

彼女は自分の、ギルドの利益とか関係なく……僕が必要だって言う。

正直、どうして？　って思いが強い。

でも……僕を必要としてくれるこの人を信じよう。

信じたいって、そう思った。

「……お願い、します。ヘンリエッタ、さん。僕をギルドに、入れてください」

僕は彼女に深々と頭を下げる。

「……僕には、守りたい人がいます」

「話は聞いておるよ。幼い、病弱な妹がおるのだってな」

ぽんっ、とヘンリエッタさんが僕の肩を叩く。

「大事な人のために懸命に働く……おぬしは立派な社会人じゃよ」

じわり……と僕は目に涙を浮かべる。

そんな優しいこと……初めて言われたから。

「あのクソ上司、キルトの家庭の事情を知りながら、放り出そうとしよって、まったく愚かな男じゃ」

ぽんぽん、とヘンリエッタさんが優しく僕の背中を撫でてくれる。

「泣くでないキルトよ。もうこれよりおぬしにも、おぬしの妹君にも辛い思いは絶対にさせぬ。このギルドマスター、ヘンリエッタが、約束しよう」

……僕は涙を拭いて、幼女ギルドマスターを見下ろす。

「……よろしくおねがいします」

こうして、僕はクビになったその日のうちに、新しい職を得たのだった。

★

キルトが追放された後、ギルドマスター・クソジョーシは一人ほくそ笑んでいた。

「これで目障りなクズが一人、わしのギルドから消え失せたわい」

仕事中だというのに、ワイングラスとボトルを手に取る。

とくとく……と注いだワインを、くいっと煽りながらクソジョーシは嗤う。

「まだ他の職員が働いておるというのに、時間になれば家に帰るような、ギルドに貢献しないロクでなしは不要なのだ。何が定時帰りだ。わしが若い頃は、毎日誰よりも早くギルドに来て、毎日遅くまで仕事をしていたというのに……」

とはいうものの、別にキルトは自分の仕事を途中で投げ出して帰るようなマネは、一度もしたことがない。

それに彼は誰よりも早くギルドに来て仕事に取りかかっていた。

また業務が始まる前に、他の職員が気持ちよく仕事できるように掃除や、細かい雑用をこなしていた。

それらを、他のギルド職員たちは知っている。

知らないのはギルマスのクソジョーシ、そして……冒険者たちだけ。

クソジョーシは、気づいていない。

このギルドにとって、二人の重要な人物を、自分のせいで失ってしまったことを。

キルト・インヴォーク。

そして、Ｓランク冒険者・黒銀の召喚士。

彼を追放したことが、巡り巡ってこのギルドに破滅をもたらすことになる。

05. ギルド職員、元勇者の仲間と模擬戦をする

ギルド【落日の獅子(しし)】を追放された僕は、S級1位の冒険者ギルド【天与の原石】のギルマスにスカウトされた。

僕がやってきたのは、王都にある天与の原石のギルド会館。

このギルドは各地に支部をもっている。

王都にあるのはその総本部だ。

「さっそくだがキルト・インヴォークよ。まずはおぬしの実力を測らせてもらいたい」

……ギルドマスター、ヘンリエッタさんの部屋にて、いきなりそんなことを言われた。

「……え？　え、え、……え？　じ、実力を……測る？」

「うむ、早い話がうちのメンバーと戦ってその真の実力を見せてもらいたいのじゃ」

な、何言ってるんだろう、この人？

ギルマスの執務室に置かれた革張りのソファに座るのは、銀髪に黄金の瞳を持つ幼女。

彼女はあぐらをかきながら僕を見上げている。

その瞳は真剣で、冗談を言ってるようには見えない。

「……あ、あの、えっと……ぼ、僕は、ギルド職員として、ここへ来たつもり、ですが？」

「そうなのじゃが、しかしわしはおぬしに対し、職員としてだけではなく、冒険者としても活躍を期待しておるのじゃ」

ヘンリエッタさんは、僕の正体を知っている。

そしてその上でスカウトしてきたのだ。

彼女は真面目な顔でぼくを見やる。

「おぬしは今日から天与の原石に所属する冒険者じゃ。長として、所属メンバーの力は正確に把握しておきたい」

「……で、でも……できれば、僕は、戦いたく、ない、です」

僕が望むのは冒険者としての名誉ではなく、ギルド職員としての安定した生活なんだ。

「……僕には、家で一人で待っている妹がいます。僕がケガして働けなくなったら……彼女を、誰が養ってくれるんです？」

僕には母も父もいない。

寄る辺のない僕ら兄妹にとって、僕が働かないと、妹は腹を空かせて死ぬことになる。

「なるほどの……おぬしは何よりも誰よりも、妹を優先するのじゃな。よい兄だな、おぬしは」

ヘンリエッタさんは微笑むと、うむと頷く。

「おぬしの意思は尊重しよう。じゃが、わしはおぬしの持つ才能を埋もれさせておくつもりはない」

「……才能、ですか？」

「うむ。おぬしは尋常ではない戦いの才を秘めておる。眠らせておくのは実に惜しいものがな」

「……やけに、確信めいた言い方、ですね」

「ああ。わしには……この【黄金の眼】には、その人が持つ秘めたる才能の輝きが映るのじゃよ」

ヘンリエッタさんは大事そうに、自分のまぶたを撫でる。

と、そのときだった。

「やぁやぁ愛しのヘンリエッタ！　この僕が来たよぉー！」

ギルマスの部屋の扉がいきなり開かれる。

ひっ……！　なんだ敵襲か⁉

で、でも違うみたい。

入ってきたのは、長い銀髪の男の人だった。

「ウルガーおじちゃん！」

「……おじちゃん？」

こほん……！　とヘンリエッタさんが咳払いをする。

「な、なんじゃウルガー？　わしは今取り込み中……ぎゃー！　くっつくなー！」

ウルガーと呼ばれたお兄さんが、ヘンリエッタさんを抱き上げる。

「大きくなったねぇ、愛しのヘンリィ〜」

「ば、ばかっ。人が見てるじゃろうがっ！」

「無理して威厳を保とうと、そうやってしゃべってるの本当にかわいいなぁ〜」

よしよしぎゅーっ、とウルガーさんとやらが、ヘンリエッタさんを抱きしめている。

ノリが……ついていけないよ！

「で、この子がギルマスのお眼鏡にかなった、才能の原石かい？」

ウルガーさんが僕を見定めるように、上から下まで見てくる。

「そうじゃ。キルトよ。おぬしにはこの、ウルガーと戦ってもらう」

「そう！　この元勇者パーティのメンバーがひとり、一番槍（やり）のウルガーとね！」

ゆ、ゆ、勇者パーティ⁉

「……え、え？　ええ⁉　そ、そんな……元がつくとはいえ、勇者パーティのひ、人と……戦う？　む、むりむりむり！」

そういえば聞いたことがあった。

一番槍のウルガーといえば、かつてあの魔王を倒した勇者パーティで、サブリーダーやっていた人じゃないか！

「ふっ……安心したまえ。さすがに手心は加える。引退してだいぶ長いし、それに……今僕の腕は、こんなだからね」

そこで僕は気づく。

「……右手は、義手、ですか？」

「そう。前の戦いで負傷してしまってね」

右手が不自由な人のようだ。

魔王との戦いで失ったのだろうか？

「ハンディがあっても、こやつは強い。じゃが……わしはおぬしがそれを凌駕する強さを秘めてると思っておるよ。見せてくれ、キルト・インヴォーク。おぬしの才能の輝きを」

★

僕らがやってきたのは、ギルドが所有する訓練所だ。

円形のホールとなっており、どんなに暴れても大丈夫なように固定化の魔法がかけられているんだって。

「……はぁ。戦うの、やだなぁ」

ギルマスから、戦いの実力を知りたいからと、模擬戦を持ちかけてきた。

しかも相手は元勇者パーティの槍使いウルガーさん。

「……生身の人間相手の実戦は、久しぶり……かも」

ホール中央には、槍を持つウルガーさんがいる。

年齢は……どれくらいなんだろう？

髪の毛には白髪が交じっているけど、肌には艶があるし、シワも見られない。

右腕は義手らしい。でも……彼の放つオーラからは、確かな実力が感じられる。

「さぁさぁ始めようかキルトくん！　決してかわいいヘンリィの前で早くかっこいいところを見せたいからではないよ！」

……この人とヘンリエッタさん、どういう関係なのだろう？

まあいいや。早く終わらせよう。

僕が戦うことになった理由は、ただ一つ。

『我がギルドは副業ＯＫじゃ。つまり、ギルド職員としての安定した給料と、冒険者としての報酬、ふたつを得ることができるってことじゃよ』

定時で帰れて、しかも堂々と冒険者としての報酬も受け取れる。

安定と高収入のいいとこ取り。

正直、かなり魅力的だ。

「……冒険者としてもやっていくなら、実力を見せろ、か」

僕は左手に魔本を出現させる。

「む？　なんだその本……特別な気配を感じるね……」

「……師匠からの預かり品、です」

「ほほう、師匠か。君に戦いを教えた人のことか。男かい？」

「……いえ、女の人、です」

「くっ……！　美人の師匠だと、羨ましい！　俄然負けるわけにはいかないな！」

どういう理屈なんだろう……？　それに美人だとは一言も口にしてない。実際師匠は美人だけど……。

「では模擬戦をはじめるのじゃ。相手が参ったと言うか、気絶したら終了。よいな？」

審判はヘンリエッタさんがするみたいだ。

僕たちは頷き、戦闘態勢を取る。

ウルガーさんは、模擬戦用の木の槍を左手一本で持っている。

僕は、黒コートだけをまとい、使用するのは一冊の魔本。

本は空中に浮いている。

「では……はじめ！」

ウルガーさんは体を沈めると、一気に距離を詰めてくる。

なんて速さだ。一〇メートル近く離れていたのに、瞬きする間にすぐ目の前まで来ている。

「シッ……！」

ウルガーさんが槍を繰り出す。

だが……彼の槍は、空を切った。

そして、再び一〇メートル離れた位置から、僕はウルガーさんに言う。

「……武器は、お預りしたので、僕の勝ちですよね？」

「なっ⁉　そんな……バカな！　いつの間に移動を⁉　それに、槍を奪っただと⁉」

ウルガーさんの手にあった槍は、今僕の右手の中にある。

「い、一体何が起きたのだね？」

「……召喚術を使って、あなたと、あなたの槍を召喚しました」

「「は……？」」

ウルガーさんとヘンリエッタさんが、目を丸くする。

「……ぼ、僕の召喚術は、ちょっと……特別なんです。あらゆるものを、召喚し、好きな場所に喚び出します」

「あ、あらゆるもの……つまり、敵も、敵の持つ武器も、可能だと？」

「……はい。もっとも、敵の場合は、一度触れる必要がありますが」

要するに、ウルガーさんが向かってきた瞬間、僕はウルガーさんの槍と本体に触れた。

あとは槍を手元に、ウルガーさんを遠くの位置に喚んだのである。

「信じられぬ……なんじゃその召喚術。というか、あのスピードのウルガーに触れるじゃと⁉」

「なるほど……元がつくとはいえ、勇者パーティの一番槍と同等のスピードと動体視力があるようだね。……よほど武芸の師匠が優秀だったのだね」

「……はい。かなり、スパルタでした」

何度も死にかけたしね。

「わかった。これは本気を出すしかないようだね」

パンッ、とウルガーさんが手を叩く。

その瞬間、彼の足下に魔法陣が出現。

そこから取り出したのは、一本の美しい銀の槍だ。

ぱりぱり……と紫電を纏っている。

「う、ウルガーおじちゃん！　それって……伝説の？」

「そう、いにしえの勇者が使ってた古代武具……【雷神の槍】！」

ウルガーさんが、なんか凄い槍を取り出した。

「この武具は所有者のスピードを数百倍に引き上げる。さらに触れただけで相手を感電死させるほどの、高圧電流が流れる。だが……ふっ、安心したまえ。ちゃんと手加減はするさ」

ひゅんひゅんひゅんひゅん、とウルガーさんが槍を自在に操って、穂先を僕に向ける。

「さあとくと見よ。魔王に一撃入れた、僕の神速の槍を！」

ごぉ……！　と周囲に紫電が走る。

ウルガーさんの体に纏わりつくと、一気に……消えた。

僕は体をひねる。

そこをウルガーさんが猛スピードで通り過ぎる。

けれどそれだけで終わらない。

切り返して、今度は一〇〇発同時に突きを放つ。

僕は……それをすべて避けてみせた。

「な、なんと⁉　あの突きを見切るじゃと！」

「なるほど……君の召喚術は、体の一部も喚べるのか！」

攻撃を仕掛けてきながらウルガーさんが言う。

僕の両目は現在、武芸の達人の目となっている。

体の一部を喚び出し、自分のものに換装したのだ。

「だが、避けてるだけじゃ勝てないよ！」

ウルガーさんが雷を解放して、僕に凄い速さで突きを放つ。

固定化されているはずのホールの床をえぐるほどの強烈な突き……。

「……武装召喚【勇者ローレンスの大剣】」

魔本が開き、召喚術が発動する。

かつて魔王を倒した勇者の武器を喚び出す。

「な⁉」

魔本から出てきたのは一本の黄金の大剣。

僕はそれを引き抜いて、ウルガーさんの槍を叩き落とす。

時間にして数秒もなかっただろう。

剣の切っ先を僕はウルガーさんに向ける。

「……参った、降参だ」

ホッ……と僕は安堵の吐息をつく。

よかった、合格みたいだ。武器と本をしまう。

「し、信じられぬ……現役を退いたとて、ウルガーおじちゃんは……元勇者パーティのメンバーじゃぞ……？　一体、彼はどうしてこんな強いのじゃ……？」

と、その時だった。

「当たり前さ。そいつはこのワタシが、【冥界の魔女】が直々に鍛えたのだからね」

頭上に一人の、美しい魔女がいた。

ホウキに跨り、黒いとんがり帽子を被ったその人は……。

「……が、ガーネット、師匠」

僕に、戦い方を教えてくれた……冥界の魔女だった。

06. ギルド職員、師匠から魔神退治を依頼される

元勇者パーティの一員、ウルガーさんとの模擬戦に勝利した。

その日の夜、僕は自宅へと帰ってきた。

「おかえりなさい、兄さんっ」

玄関まで迎えに来たのは、僕の妹のニィナだ。

淡い色のふわふわした髪の毛。

そして……車椅子に座っている。

きこきこと車椅子を動かしながら、僕のもとへやってくる。

「……に、ニィナ。だめじゃないか寝てないと」

「今日は体調いいから平気ですー……って、え？　うそ……後ろにいるのって……」

僕が振り返ると、大柄な女性が立っている。

めちゃくちゃ巨乳で、プロポーション抜群。

鮮やかな橙色の長い髪の毛と、真っ黒な三角帽子が特徴的。

「ガーネットさまっ！」

ニィナが表情を明るくして言う。

ニッ……とガーネット師匠は笑う。

「おー！　ニィナ、ひっさしぶりじゃないの！　元気だったかー？」

「はいっ！　ガーネットさまこそっ」

「おうさ元気もりもりよ！」

師匠は妹を抱き上げて、くるくるとその場で回る。

「……し、師匠。あ、あぶ、あぶないから下ろして。ほんと、下ろして」

「なーにオドオドしてるんだいバカだねぇ。落とすわけないだろ……あ、やべ」

すぽーん、と、ニィナが飛んでいく。

勢いつけすぎたので手から離れちゃったみたい……っておい！

「……あぶなっ！」

僕が召喚術を使うより早く、ふわり……とニィナの体が浮く。

「わりーわりーニィナ。びっくりさせちまってよ」

師匠が魔法を使ったらしい。

半透明の白い物体が、ニィナのおしりの下にあり、クッションになっていた。

「……師匠！　ニィナになんて酷いことするんですか！」

ケガしたらどうするんだこの野郎！

「大丈夫だよ兄さん。ガーネットさまは魔法の腕が凄いんだから、ケガするわけないよ」

「そーだよ。そこいらの凡俗と一緒にすんじゃねえ。アタシは天才だからよ。ケガなんてさせるかってーの」

　と、その時である。

「し、信じられぬ……飛行魔法を、詠唱も杖もなく、使うなど……前代未聞じゃ……」

　銀髪の幼女が呆然と、僕らのやりとりを見ていた。

「兄さん、どなた？　お客さん？」

「……う、うん。今度、転職することになったギルドの、ギルドマスター、さん」

　はて、とニィナが首を傾げる。

「今度、転職……？」

　あ、そういえば……クビになったこと言うの忘れてた……。

　僕は簡単に今日一日の経緯を妹に説明する。

「もうっ！　どうしてそういう重大なこと、何の相談もなしに決めちゃうのっ！」

　ニィナがプリプリと怒る。

「……ご、ごめん」

「兄さんはいっつもそう！　一人で勝手に背負い込んで、わたしのためわたしのためって！」

「……ごめんって。怒らないでおくれよ」

「怒ってませんー！」

　ややあって。

僕たちの家のリビングへと集結した、ガーネット師匠とヘンリエッタさんたち。

「それでキルトよ。そちらの御仁は？」

「……ガーネット・スミスさん、です」

「が、ガーネット・スミス⁉　あ、あの……伝説の魔法使いの⁉」

あれ、師匠ってそんな有名な人だったの……？

こくりと頷き、ヘンリエッタさんが説明する。

「大昔、地上が魔性の神々……魔神たちに占拠されたせいで、滅ぼうとしたことがあった。そのとき一人で魔神九九九九柱を相手し、訳ありの死者の魂が眠る【冥界】に封じた。それがこのガーネット・スミスという御仁じゃ」

「ガーネットさま、すごい！　そんなえらい人だったんですね！」

「……知らなかった」

僕ら兄妹が師匠にそう言うと、てへっ、とガーネット師匠が舌を出す。

「妹君はともかく、キルトよ、なぜ弟子であるおぬしが知らぬ……！」

「……いや、素性とか興味なかったし」

「はぁ～……まあ、冥界の魔女と呼ばれた彼女の弟子であるなら、あの規格外の強さも理屈がつく」

なるほど……とヘンリエッタさんが納得する。

「しかしガーネット殿とキルトは、どうやって知り合ったのじゃ？　あなた様は魔神を封じた後、忽然と姿を消したと伝え聞くが……？」

　ガーネット師匠が腕を組んで言う。

「冥界で知り合ったんだよ。こいつら兄妹と」

「なっ⁉　め、冥界じゃとぉ！　な、なぜ死者の国に⁉」

　ヘンリエッタさんが身を乗り出して言う。

「アタシは元々冥界に住んでたんだよ。魔神を追い払った後、地上の人間たちから厄介者扱いされてね。行き場をなくして冥界に引きこもってたのさ」

　そしたら、と師匠が続ける。

「こいつら兄妹が偶然冥界に落ちてきてよ。帰れなくて困ってたからアタシが助けてやったのさ。んで、兄貴の方は冥界の魔獣相手に戦えるよう仕込んでやったわけ」

「あの規格外の召喚術はガーネット殿から、そして尋常じゃない戦闘能力は、冥界での戦いの経験を通して身につけたのじゃな！」

　それでか、と納得したようにヘンリエッタさんが頷く。

「ま、よーするに兄貴は冥界に落ちてアタシと出逢い、そこで三年間、魔獣相手にバトルしまくって異常な強さを身につけて、地上に帰ってきたっつーわけよ」

　あれ？　とヘンリエッタさんが首を傾げる。

「しかし先ほど、兄だけでなく、妹のニィナまで冥界に落ちたと言っておったが？」

　そう、ニィナもまた冥界で師匠にご厄介になっている。

「一体ニィナは、どうして冥界に？　そもそも、こやつら兄妹はなぜ冥界なんぞに落ちたのじゃ？」

「「………………」」

……それは、僕たち兄妹が、最も触れてほしくない部分だった。

ふぅ、と師匠がため息をつく。

「ま、そこは詮索してやんな。こいつらも……色々苦労してたんだよ。色々とな」

くしゃっ、とガーネット師匠が僕とニィナの頭を撫でる。

「そうじゃな……人には言いたくないこともあろう。これ以上詮索しようとは思わぬよ。安心せよキルト」

「……ありがとうございます。その……ヘンリエッタさん」

「ん。まあおぬしはわしのギルドに入ったのじゃ。ギルドマスター……ギルマスと呼ぶように」

「了解です、ギルマス」

さて、とガーネット師匠が手を叩く。

「これからのことについて話そーか」

「……そうだ。師匠、どうして地上に？」

普段彼女は冥界に住んでいて、滅多に外には出ないと聞く。

……あ、あれ？　じゃあ逆に言えば……滅多なことが起きたってこと？

「弟子よ、冒険者やるんだって？　ちょうどいいや。アタシからギルドを通して、あんたに依頼したい仕事がある」

「……し、仕事って……ぼ、僕、冒険者やりたくないんですけど……」

「まー、簡単なお仕事だ。あんたならささーっと片付けちまうだろうよ」

「……聞いてないしぃ」

ガーネット師匠は胸の谷間から巻物を取り出して、ヘンリエッタさんに放って寄越す。

「天与の原石、だっけ。お嬢ちゃんのギルド。そこ宛てに依頼したい」

「依頼とな……どれどれ……って！　な、な、なんじゃこの依頼ぃいいいいい！」

ヘンリエッタさんが目を剝いて叫ぶ。

「こんな……こんなクエスト無茶じゃ！　できるわけがない！」

ぎ、ギルマスが……S級1位のギルドマスターが無理だって言うクエストって、い、一体……？

僕がヘンリエッタさんから巻物を受け取ると同時に、師匠からその依頼の内容を伝えられた。

「弟子よ、魔神を一体倒してこい。なぁに、あんたなら、簡単だろ？」

「な、な、そんなわけないじゃろ！　魔神はSランクモンスターや魔族よりも、桁外れに強い存在なのじゃよ⁉」

「……え？　そ、そうなの？」

「なっ……⁉　き、キルトおぬし……何おかしなことを言うておる⁉」

ヘンリエッタさんこそ、おかしなことを言っていた。

「……魔神なんて、普通に倒せます、よね？」

「なー、ほら、簡単な依頼だろー？」

「……そうですね。魔神くらいなら、まぁ」

「魔神くらいじゃとぉおおお!?」

くくっ、と師匠が笑ってヘンリエッタさんに告げる。

「嬢ちゃん、あんたとんでもない子を拾ったって、今回のクエストで実感できると思うぜ？」

こうして、僕は師匠の依頼で、魔神退治を請け負ったのだった。

07. 女騎士、ギルド職員に助けられる

冒険者コーネリア、かつてキルトが助けたことのある女騎士。

コーネリアは現在、草原に現れた謎の【炎の化け物】と相対していた。

「な、なんだこいつ……こんなモンスター、見たことがない」

呆然とするコーネリアたちAランク冒険者パーティ。

「【水弾】！」

魔法使いの少女が攻撃魔法を放つ。

顔面大の水の塊が高速で飛翔する。

だがそいつに触れることもなく、蒸発してしまった。

「炎の……化け物か……」

コーネリアの眼前にいる怪物の姿を端的に言うなら、【炎の怪人】。

体の大きさは一八〇センチくらいだろうか。

全身が炎に包まれており、額から黒い角が生えている。

人体が燃えている、というより、炎が人の形をしているように感じた。

赤い火焔（かえん）の体は立っているだけで大地を、空気を焼く。

近づくと酸欠を引き起こし、魔法を放っても先ほどのように掻き消される。

「謎なのはあの化け物が、あの場から一歩も動かないことだな……」

そう、これだけヤバい相手、街になど行かせれば大きな被害が発生するだろう。

なのに、炎の怪人はその場から動けないでいるのだ。

まるで、強力な呪縛によって動けないかのようだ。

さもありなん。怪人（正確には魔神）は冥界（めいかい）の魔女ガーネットにより動けないよう呪いで縛られている。

ゆえに動けないでいるのだが、彼女たちにそれを察する術（すべ）はない。

「コーネリアさん、こうなったら一斉に攻撃するのみです！」

「いや、駄目だ。奴は……我々では敵（かな）わない」

コーネリアはすでに、彼我（ひが）の実力差を感じ取っていた。

「黒銀殿が来るまでは手を出さないのが賢明だろう」

「しかし……いつまでもあの怪人が大人しくしているでしょうか？」

確かに……とコーネリアが頷（うなず）く。

「ギルドマスターに指示を仰（あお）ぐ。それまでは待機を……。ッ⁉　みな、逃げろぉ！」

コーネリアは前に出ると、防御スキルを発動させる。

だが炎の魔神は体にエネルギーをためると、一気に解放した。

「うぁああああああああああ！」

恐ろしい爆発を発生させる。

コーネリアは、パーティもろとも吹き飛ばされた。

「げほっ！　ごほっ！　み、みな……だいじょうぶ、か……？」

最高強度の防御スキルを使ったというのに、すでにコーネリアは満身創痍であった。

仲間たちも虫の息であり、立ち上がれる者はいない。

「なんという……化け物め……」

コーネリアは周囲を見渡し呆然とする。

先ほどまで青々としていた草原が、一瞬にして荒野に様変わりしていたのだ。

地面にはクレーターができており、その中心部では炎の怪人が宙に浮いてる。

一瞬で理解した。

やつを縛る何かがなくなり、動けるようになった。

自分たちは……殺される。

「こ、コーネリアさん……？」

彼女は持っていた最高級ポーションを仲間たちに飲ませる。

そして、これも高価なアイテムである転移結晶を手渡す。

「お前たちは逃げろ。そして報告するんだ」

「ま、待ってください！　俺、俺たちも戦います！」

「ばかもの！」

ぴしゃり、とコーネリアが一喝する。

「命を粗末にするな！　見ただろう、あの化け物の強さを。一撃で辺り一面を灰燼に帰した、あの攻撃を！」

そうあの怪人の強さは、間近で目にしたメンバーたちがよく知っていた。

逃げるのが賢明である。

だが、ギルマスから撤退の指示は下りていない。

「私が一人囮となって残る」

「しかし……！」

「言うことを聞け！　これは命令だ！」

「じゃ、じゃあ一緒に逃げましょう！」

「それはできん、あの化け物は動けるようになった。ここで食い止めねば、被害は拡大する」

コーネリアは死ぬ気だと、仲間たちは悟る。

自分たちを、他人を生かすため、己を犠牲にしようとしている。

「さぁゆけ、早く！」

「……ごめんなさい、リーダー！」

仲間たちは転移結晶を使って、この場から離脱した。

あとにはコーネリアだけが残る。

「フッ……これが私の最期か。しかし仲間を守って死ねるなら……それでいい」

コーネリアは剣を抜いて炎の魔神を見下ろす。

相手は完全に覚醒したらしく、バッチリと眼が合う。

「あ……う……」

先ほどまで戦う気でいた。

だが……無理だと悟った。

肉食獣に睨まれた野ウサギのように、その場から動けなくなる。

「ゃ……あ、あぁああああああ！」

だがコーネリアは声を張り上げ、気合いを入れると、魔神に向かって切りかかる。

たんっ！　と飛び込み上段からの一撃を食らわせようとする……。

だが、炎の魔神に近づくほどに気温が上昇していく。

手に持っている鉄の剣が高熱を帯び、鎧が、衣服が……燃え上がる。

喉が焼け、肺が爛れて、臓器が、血液が沸騰し……。

コーネリアという少女は、死んだ…………はずだった。

「……だい、じょうぶ……ですか？」

気づけば、コーネリアは別の場所に移動していた。

魔神に向かって決死の特攻を仕掛けていたはず。

だのに、数十メートル離れた場所に、全裸で横たわっている。

ふわり、と彼女の体に黒いコートがかけられる。

「き、君……は……？」

そこにいたのは、黒い髪の少年だ。

見たことがある。

彼は……。

「き、キルト……くん？」

そう、落日の獅子で働いているはずのギルド職員、キルト・インヴォークであった。

「な、なぜギルド職員である君が、ここに……？」

「……説明は後にします。ここで、待っててください」

キルトの隣には宙に浮く不思議な本が一冊あるだけ。

他に武器も見当たらず、さらに言えば、ともに戦う仲間らしき人物も連れていない。

「ま、まさか君、一人で突っ込むつもりか⁉　む、無茶はよせ！」

だが引き留める間もなく、彼は走り出す。

「駄目だ！　やつに近づいてはいけない！　高温の炎で焼かれて死んでしまう！」

だが彼が近づいても、火傷を負うこともなく、衣服も無事であった。

「なんだとぉ⁉　なぜ無事なのだ！」

「……伝承召喚【水精霊ウンディーネ】」

彼の体は水の大精霊の力で覆われていた。ゆえに熱に耐えることができるのだ。

彼は魔神の目の前までやってきた。

「……悪いけど、さっさと倒して帰らせてもらう。定時、だからね」

「グォロォオオオオオオオオオ！」

魔神が咆哮する。

周囲に激しい熱波が走る。

だがキルトも、そしてコーネリアも無事であった。

彼女もまたウンディーネの水のバリアによって守られているのだ。

魔神がキルトに向かって炎の拳で殴りつける。

そのパンチがキルトに炸裂すると、激しい爆発を起こした。

「きゃぁあああああああ！」

大爆発は周囲の大地を無理矢理引っ剝がす。

数千度はくだらない熱を受けて……。

「……それで、終わり？」

彼は無傷であった。

「そんなバカな……彼は、無敵か……？」

キルトが行ったのは単純な召喚術だ。

炎の魔神が彼に触れた瞬間、キルトは術を発動。

自身とコーネリアの半径一メートル以内を襲った爆発の衝撃と高熱を別の場所に移動させた

のだ。

「……悪いけど、終わらせてもらうよ。……伝承召喚【氷の魔神】」

その瞬間、彼の背後に、炎の魔神と瓜二つの怪人が出現する。

ただし全身が氷でできたその怪人は、キルトに己の力を授ける。

彼が右手を差し出した瞬間、炎の魔神は尻尾を巻いて逃げ出そうとした。

「……遅い」

激しい氷雪の嵐が辺りに吹き荒れる。

猛吹雪の中に放り出されたような感覚をコーネリアは味わう。

だがそれも一瞬のことだった。

「う、そ……冬景色、みたいに……なってる……？」

そこに広がっていたのは広大な雪原と……氷漬けになった炎の魔神だ。

キルトはくるり、と踵を返す。

まるで全て終わったとでも言いたげだった。

パキンッ……！　と音を立てると炎の魔神は粉々に砕け散る。

「ありえない……あの化け物を……一撃で倒してしまうなんて……」

砕け散った魔神のかけらは粒子となって、キルトの開いていた魔本の中に吸収される。

「……炎の魔神、ゲット」

さて、とキルトがコーネリアの側までやってきた。

「……だいじょうぶ、ですか？」

「う、うむ……」

「……それは、よかった」

ホッ、と安堵の吐息をつく。

どきりっ、とコーネリアの胸が高鳴った。

（な、なんだこの……今までに感じたことのない……胸のドキドキは……？）

頬を赤く染めながら彼女は思った。

「……召喚」

キルトは衣服を召喚し、コーネリアに女性ものの服を一瞬で着せる。

「⁉　す、すごいな……君が、やったのか？」

「……はい。その、それ、返して、ください」

コーネリアに着せかけていた黒いコートを、彼が指さす。

「あ、ああ……ありがとう。って……この黒いコート……ま、まさか⁉」

そう、コーネリアは一度、この黒いコートを目にしたことがある。

「尋常じゃない強さに、この黒いコート……ま、まさか君は！　い、いやあなた様はもしかして、黒銀の召喚士殿ぉ⁉」

キルトは汗をだらだらとかいた後……。

「……さ、さらばっ」

と言ってその場から転移して、逃げてしまった。

「……まさか、キルトくんが、黒銀の召喚士殿だなんて……」

思いがけず彼の正体を知ってしまったコーネリア。

「お礼を。この間と今回、助けてもらったお礼を、しなければっ……！」

彼女は固くそう決意するのだった。

08. クソ上司、依頼失敗して手柄を取られる

召喚士キルトが炎の魔神を倒す少し前。

冒険者ギルド【落日の獅子(しし)】にて。

ギルマスであるクソジョーシは苛立(いらだ)ちを隠せずにいた。

「くそ！　どうなってる……なぜ、黒銀が現れない!?」

彼はギルドマスターの部屋にて、部下からの報告を聞いていた。

『謎のモンスターの出現により、現場は壊滅的です！　ギルマス！　早く黒銀の召喚士殿を派遣してください！』

王都から南西に下った平原に、【炎を纏(まと)った謎のモンスター】が出現した。

発見当初から数時間、凄腕(すごうで)の冒険者たちが次々と討伐を試みたがことごとく失敗。

そこで落日の獅子にお鉢が回ってきたのだ。

『謎のモンスターなど、この落日の獅子が簡単に倒してしんぜよう』

各冒険者ギルドのギルドマスターたちが、その対策を話し合うため集まった緊急会合にて、
クソジョーシはそう言い放った。

自信満々な根拠はただ一つ、黒銀の召喚士を当てにしていたからだ。

「なぜだ!?　こういう高ランクモンスターが現れたとき、かならず黒銀は現れたはず!?　だのになぜ現れないのだ！」

彼が手に持っているのは、ギルド協会から支給される魔道具【通信機】だ。

これはかつて天才魔道具師リタが作ったもので、離れた場所にいる人物と会話することのできる、まさに画期的な代物だった。

現在、Aランク冒険者コーネリアをはじめとした、落日の獅子のギルメン（※ギルドメンバー）たちが炎のモンスターと戦っている。

だが……入ってくるのは全く歯が立たないという報告。

『ギルマス！　もう駄目です！　撤退を進言します！』

通信の相手は、現場にいるコーネリアだ。

彼女の賢明な判断を、しかしクソジョーシは一蹴する。

「駄目だ！　時間を稼げ！　黒銀が来るまで！」

『し、しかし……来る見込みのないものを当てにするのは、どうかと……』

「だ、黙れ！　わ、わしに指図するなぁ！　いいから貴様らは黒銀が来るまでの間、持たせればいいんだよぉ！」

……なんとも愚かな判断であった。

事実、通信機の向こうからはコーネリアの失望のため息が聞こえた。

通信を切って、ガリガリとクソジョーシが頭部を掻く。

「何をしてる黒銀⁉　我がギルドのトップ冒険者が、いつまで経ってても現場に現れないと困る。このまま失敗してみろ？　他のギルマスたちから吊るし上げを食らうぞ！」

自分がなんとかしてみせる、と大言を吐いたのは他でもないクソジョーシだ。

大見得を切った手前失敗など許されない。

だが頼みの綱とする人物はいつまで経っても現れない、焦る気持ちは当然だった。

と、その時である。

ピリリッ♪　……と通信機に連絡が入った。

「なんだ⁉　わしは忙しいんだぞ？」

『こんにちは、クソジョーシさん』

受話器の向こうから聞こえてきたのは、穏やかな調子の、男の声だった。

その声を聞いて……さぁ……とクソジョーシの顔が青ざめる。

「ぎ、ギルド協会本部長……【エイジ殿】！」

ギルド協会。それは商工業者、魔術師、冒険者など……様々な分野のギルドを取りまとめる協会のことだ。

本部長……つまりギルド協会のトップから通信が入ったのである。

「え、エイジ殿⁉　ど、どうなさったのですか？」

まさか自分のピンチを嗅ぎつけたのではあるまいな……。

『今あなたのギルドが大変な状況にあると耳に挟んだものでしてね。状況を確認するために連絡しました』

本部長には、まだ落日の獅子が苦戦している情報は報告していない。

つまりエイジ本部長は状況確認のために連絡してきたのだ。

……さて、ここでバカ正直に苦戦しているとは答えられない。

なぜなら、落日の獅子の黒銀が、倒すと言ってしまったからだ。

「ご、ご安心ください！　わ、我がギルドのトップ！　黒銀の召喚士が現在！　謎の炎のモンスターと交戦中でありますぅ！」

『ふむ……なるほど。交戦中、ですか』

「ええ！　そして間もなく倒してみせることでしょう！　本日中に討伐の報告をしてみせますぅ！」

この場はこう言って時間を稼ごうと、嘘をついたのだった。

……だが、それが悪手だった。

『いいえ、報告は必要ありませんよ』

「は…………？　お、おっしゃる意味が……？」

『なぜなら炎のモンスター……【炎の魔神】はたった今討伐されたからです。他のギルドのメンバーによってね』

「なっ⁉　なっ⁉　そんな……バカなぁああああああ！」

通信用の魔道具をかたん、と落としてしまう。

今エイジ本部長は、なんと言った？

他のギルドのメンバー、つまり、黒銀以外が魔神を倒したらしい。

『もしもし？　クソジョーシさん。大丈夫ですか？』

通信はまだ切れていない。

慌てててクソジョーシは手に取って通話を再開する。

「ほ、炎の魔神とやらは……い、一体誰が？　じょ、冗談ですよね？」

『いいえ、冗談ではありません。今信頼できる部下から情報が入りました』

現場に落日の獅子のメンバーがいる、つまり情報は一番先にギルマスであるクソジョーシに入るはず。

だというのに、なぜエイジ本部長の方が、先に知っているのだろうか……？

『魔神を討伐したのは、【天与の原石】の冒険者。【キルト・インヴォーク】くんです』

「き、き、キルトだとぉおおおおお!?」

予想外すぎる名前が出てきたことに驚き、そして戸惑う。

「そ、そんなバカなことがありますかっ!?　や、ヤツはただの落ちこぼれギルド職員ですぞ!?　それを……Aランク冒険者すら手こずる相手を倒したというのですか!?」

『ええ、しかもソロで討伐したそうです。凄い逸材が現れたものですね』

あり得ない情報が次から次へと押し寄せてきて、困惑するばかりだ。

『しかしクソジョーシさん。……あなた、嘘をつきましたね』

エイジ本部長の声が通信機の向こうから聞こえてくる。

穏やかな口調ではあったが……しかし、どこか冷ややかさがあった。

『現場に居合わせた者から事情を聞きましたよ。危うく命を落とすところだったと。しかも撤退を申し出たコーネリアくんの言葉を無視したと』

「そ、それはぁ……」

だらだらと背中と脇に汗をかく。

必死になって言い訳を考える。だが……思考がまとまらない。

『……この件については直接、あなたに事情を聞く必要がありますね。近く、本部に出頭するように。処分はそこで言い渡します』

処分、という言葉がエイジ本部長の口から出た。

つまり今回の件について罰を受けるということだ。

『あなたのギルドには期待していたのですがね』

声のトーンに失望が混じる。

本部長からの評価が下がってしまったのだ。

「ま、待ってください！　これには訳が……」

『言い逃れは結構。では……後日』

そう言って通信が途絶える。切れる直前、『マスター。ただいま帰りました』『手間かけさせてすまんなハニー』『ダーリンの頼みなら♡』という、誰かとエイジ本部長が会話する声が聞こえてきた。

「最悪だ……」

がっくし、とクソジョーシが肩を落とす。

「よりにもよって……失態をエイジ本部長に知られてしまった……クソ！　クソぉおお！」

ガシャン！　と通信機を地面に叩きつける。

「なぜ現れない黒銀！　なぜ、貴様が出てくるんだキルトぉおおお！」

答えは単純明快。

黒銀がキルトだったのだ。

新たに移籍したギルド【天与の原石】では副業が禁止されていない。

つまりキルトは身分を隠さず冒険者として活躍できる。

クソジョーシが黒銀の正体に気づくまで、さほど時間はかからないのだった。

09. ギルド職員、女騎士がお礼に来る

炎の魔神を討伐してから、数日が経過した。

僕は冒険者ギルド【天与の原石】で、ギルド職員としての仕事をこなしていた。

受付カウンターにて。

「キルトくんお仕事おつかれさまー！」

僕と同い年くらいの、小さな女の子が笑顔で言う。

彼女は受付嬢のリザさん。

歳は一緒なんだけど、背はめっちゃ小さい。けど胸はおっきい。アンバランス。

「どう？　仕事には慣れた？　何か不安なことがあったら、この先輩のあたしに聞くといーよっ。何せ先輩だからねエッヘン！」

リザさんは、とてもいい人だ。

僕に色々教えてくれる。

「……はい、ありがとう、ございます。先輩のおかげ、で、いい感じ……です」

「うむうむそーかいそーかい！　先輩のおかげ……先輩……くぅ……！　いい響きだよぉ！」

天与の原石に移って数日が経過して、わかったことがある。

ここ……めっちゃホワイト。

ギルマスの方針で、強力なボスが現れるなど非常事態が起きない限り、定時以降働くことを禁止されている。

通常業務での残業は許さない、というか残業すると怒られる。

しかも給料は前より多いし、有給休暇の日数も前とは比べものにならないくらい増えているし、職員宿舎（とても豪華！）まで与えられている。

先輩は優しいし、ギルド所属の冒険者さんたちもいい人ばかりだ。

「……僕、転職して……ぐす……よかったぁ」

「だ、大丈夫キルトくん！　泣かないでっ、ほらハンカチっ」

「……ありがと、ございます。リザ先輩、やさしい、です」

「わはは い！　そーだろそーだろぉ、何せ君の先輩だからねっ」

ああ、こんな幸せで穏やかな日々が、ずっと続けばいいのになぁ……。

と思った、そのときだった。

「ここにいたのか、黒銀殿っ！」

バンッ！　とギルドの扉が乱暴に開かれる。

こ、黒銀……？　え、な、な、なんで知ってるの……？

「……あっ！　あなたは……」

「およ？　キルトくん、あの美女さんとお知り合い？」

知り合いというか……この間助けた、赤い髪の騎士さん、コーネリアさんだった。

彼女は僕と視線が合うと、その目をキラキラ輝かせながら、こっちにやってくる。

……も、猛烈に嫌な予感がっ。

逃げようとする前に、彼女が受付カウンターにやってくる。

「すごく捜したぞっ。黒銀殿っ！　まさか他のギルドにいたなんてっ！」

ざわ……と周囲がざわつくぅ！

「黒銀？」「誰それ？」「黒銀の召喚士じゃない？　ほら、めっちゃ強い」「え、それがなんでうちのギルド職員？」「気のせいだろ……？」

ああもう！　大変なことになってる！

ウワサが広まっちゃうよっ。

「……あ、あの。その……ひ、人、違い、です」

この場から一秒でも早く立ち去りたかった。

このギルドでも周りの人たちは、僕＝Sランク冒険者【黒銀の召喚士】ってことを知らない。

まだ冒険者としての依頼をここで受けてないからね（魔神は例外）。

僕にSランク相当の力があることは、ここでもできれば隠したい。

ランクが上がれば出番も増えて、それだけ家に帰るのが遅くなる。それは避けたい。

「……ぼ、僕はただのギルド職員、です。黒銀？　人違い、では……？」

「恩人の顔を間違えるものかっ。あの炎の化け物から、君は私を守ってくれたじゃないかっ」

だ、駄目だ……人の話を聞くタイプじゃない！

「ちょっとちょっと落ち着いて」

リザ先輩が止めてくれる。

「どなたか存じませんけど、うちの後輩くんを困らせないでください！」

先輩が両手を広げて、かばってくれる。

なんて優しいんだ！

「む。困らせてなどいないぞっ。私はただ、彼に感謝したいだけなのだ」

「感謝？　キルトくん、何かこの美人さんにしてあげたの？」

いやいや、と僕は首を横に振る。

確かに魔神から助けはした。けどそれを言うと僕が黒銀だとバレてしまう。

申し訳なさはある。嘘をつくことになるし。でも騒ぎを起こされたくなかった。

「ははん、なるほど……わかったよ。あなた、うちの後輩くんが、好きなんでしょっ」

「「なっ、なにぃぃ⁉」」

ギルメンさんたちが目を剝（む）いて叫ぶ。

「コーネリア嬢のハートを射止めただとぉ！」

「この街じゃ人気ナンバーワンの女冒険者、【紅（くれない）の騎士】を⁉」

なんだ紅の騎士って⁉　そ、そんな有名なのこの人っ。

「な、ななな、す、すすすすう、好きとかそ、そういうのじゃなくて、単に私はお礼をだなあ！」

「でも残念！　キルトくんはあたしのものだから」

「「「なにぃいいいいい⁉」」」

ああまた騒ぎが大きくなった！

「……な、何言ってるんですか、先輩っ」

「ん？　あたしの大事な後輩くんを、他のギルドには譲らないよって意味だけど」

じゃあそう言ってよ！　なんだよあたしのものって！

「我らのアイドル受付嬢リザさんにまで好かれてるだと⁉」

「なぜだ⁉　なぜモテるんだあいつぅ？」

「まさか本当に黒銀なのか、あの子？」

ややや、やばい！　どうしよう……。

「おぬしら、騒々しいぞ。何をやってるのじゃ？」

銀髪の少女、ヘンリエッタさんが、ギルマスの執務室から顔を出す。

「「「ギルマス！」」」

「……お、おたすけぇ～」

僕はギルマスに泣きつく。

ただならぬ雰囲気を感じて、はぁ……とヘンリエッタさんがため息をつく。

「とりあえずキルト、そしてコーネリアよ、わしの部屋に来るように」

ヘンリエッタさんの部屋にて。

「なるほど……それで気づいたということかの」

コーネリアさんからの事情聴取を終えて、ギルマスがため息をつく。

「……く、クビ、ですか？」

「何を言っておる。ここは落日の獅子と違って副業を禁止しておらぬではないか」

そ、そうだった……よかったぁ……。

「しかしコーネリアよ。だからといって公言されては困るぞ。こやつは一身上の都合で正体を知られたくないのじゃ」

うんうん、と僕が頷く。

「すまなかった！」

コーネリアさんが深々と頭を下げる。

「君が嫌がっていることを知らずに、あんなふうに人前で大声で正体をバラすようなマネをして、大変申し訳ない！」

「……い、いえ……わかってくれれば、それで」

この人、悪い人じゃないみたいだ。

すぐ謝ってくれたし。

「助けてもらった相手に、恩を仇で返すようなマネをして……本当にすまなかった」

すごく申し訳なさそうにしているコーネリアさん。

「……気にしないで、ください。で、でも……ど、どうしよう。僕が黒銀って、バレちゃった……」

「まあ、突拍子もない話だし、騒ぎが大きくなる前に対処できたからな。キルトが黒銀だと信じる者はおらんじゃろう」

「……だと、いいんですけど」

人のウワサって思ったより広まるの早いからなぁ。

「安心せい。いざとなったら権力でウワサを握り潰してやるからの」

にやり、とヘンリエッタさんが悪人みたいに笑う。

「……こ、怖い」

「む。すまんな。気を抜くと顔が怖くなってしまう。親譲りの悪人顔とはよく言われるのじゃ」

そうだろうか？　普通にしてるときは、お人形さんみたいに可愛いのに。

「ところで黒銀……じゃなかった、キルトくん。なぜ、落日ではなく、天与の原石にいるのだ？　君はうちの職員ではなかったのか？」

出ていって日が浅いからか、コーネリアさんは僕がクビになったことは知らないらしい。

「クソジョーシに解雇されたのじゃよ、キルトは」

「なっ⁉　なんだとっ……⁉」

コーネリアさんが柳眉を吊り上げて言う。

「今までさんざん黒銀殿に世話になっておいて、クビにするとはどういう了見かっ！　あのクソジョーシめ！」

「……お、落ち着いて。クソジョーシさんは、そもそも僕を黒銀だと知らずに追い出したんだ」

「だとしてもっ、いつも一生懸命働いていたキルトくんを急にクビにするなんてっ！」

ぶるぶるぶる……とコーネリアさんは肩を震わせる。

「私は決めたぞ、キルトくん！」

「……な、何を、ですか？」

真剣な瞳で僕らを見て、言う。

「私は、落日の獅子を離脱する！」

10. ギルド職員、女騎士と同棲する

その日の夕方、僕はギルド職員宿舎へと帰ってきた。

この宿舎、天与の原石所属のギルメン・職員問わず無料で入居できる。

宿舎とは思えないほど広く、豪華で……トイレも風呂も各部屋にある。

このギルドに来て本当によかったって思ってる。風呂トイレ共同の長屋とか下宿とか普通にあるもんね。

それはさておき。

「あっ、兄さんおかえりっ」

きこきこ、と車椅子を動かして、妹のニィナが笑顔で迎えてくれる。

僕はしゃがみ込んで、ニィナをきゅっ、とハグする。

蕩けるような笑みを浮かべる妹が、愛らしくて仕方ない。

「こほん。兄さん、今日も定時で帰ってきたの？　このところ毎日だけど、怒られないの？」

ニィナが心配そうな目で僕を見上げる。

「……だい、じょーぶ。このギルド、残業してると、むしろ怒られるんだ」

「ふーん。そっか。じゃあ……うん、毎日ちゃんと定時で帰ってこなきゃだねっ。怒られないようにっ」

弾んだ声でニィナが言う。僕が早く帰ってくるのが嬉しいのかな。

だとしたら……こっちも嬉しいな。

「兄さん、お仕事ご苦労様。お夕飯作っておいたよっ」

「……え!? こ、こらニィナ。台所仕事はするなって、危ないだろ？」

「もう、兄さんはいつまでわたしを子ども扱いするの？ 平気だって」

「……で、でも火とか使ってニィナの、綺麗な白い手に、火傷でもできたら」

「だいじょーぶ。もー、兄さんは心配性さんだなぁ～」

と、そんな僕たちの姿を見ている姿が……一名。

「うむ、仲のいい兄妹だなっ！」

……振り返ると、赤い髪の少女が笑顔で立っている。

「？ お客さん？」

「……いや、違うんだ」

「うむ！ 私はコーネリア・グレイス。キルト殿の、弟子だっ！」

赤い髪の少女が胸を張って言う。

……僕は額に手を当ててため息をつく。ギルドからここまで、ずっとこの調子で、ついて来たのである。

「に、兄さんの……お弟子さん？」

「うむ。私はキルト殿の強さに惚れてしまったのだ。彼のような強き戦士になるため、弟子入りを志願した次第だ」

ニィナが目を丸くしている。

そりゃ驚くよね。……僕も驚いちゃったし……。

個人的には早くお引き取りいただきたい。

ニィナとの団らんを、邪魔されたくない。

それには妹も、同じ意見なはず……。

「す……」

「す？」

「すごーい！　兄さん、お弟子さんができたんだねっ」

あ、あれ……？　なんだか歓迎ムード？

「こんばんはっ、わたし、ニィナって言います！　騎士様っ」

「うむ！　よろしくなニィナ殿っ！」

「殿なんていらないですっ。ニィナで！」

「では私にも敬称は不要だ。コーネリアと呼んでくれ」

「うんっ、コーネリアさんっ」

コーネリアさんとニィナが手を繋いで、きゃっきゃ……と楽しそうにしている。

……こ、これは、ニィナに、ついに友達が⁉

な、なんという……一大事だ！　ハッピーデーだ！

「すまない、キルト殿。家まで押しかけてしまって、迷惑だったら引き上げるよ」

「……い、いやっ。大歓迎、です」

本当は帰ってほしいってさっきまで思っていた。けどニィナと友達になってくれたとなれば、話は別さ。

「む？　そうか……ならよかった！」

ややあって。

僕たちはニィナの作ったシチューを一緒に食べていた。

「ニィナ！　君の料理は、美味(うま)いな！」

「ふふっ、ありがとうコーネリアさんっ」

「ああ美味い！　こんな美味いシチューを食べるのは初めてだっ！　おかわりっ」

「はいっ！」

に、ニィナが……楽しそう……。

うぐ……ぐすん……ニィナが、ニィナがぁ……。

「キルト殿、なぜ泣いているのだ？」

「兄さんたまに情緒不安定になるの」

「……ありがとう、コーネリアさん」

「ふふっ、わたしも兄さんに友達ができて嬉しいよっ。ほら、兄さんいっつも一人ぼっちだし」

「む？　うむ！」

「……そ、それはおまえもだろっ」

「ちがいますー。わたしはお友達いますー」

「……ぬいぐるみじゃん」

妹の部屋にはたくさんのぬいぐるみが置いてある。

彼女は手芸が趣味で、よく家で暇を持て余したりしていると自作するのだ。

「ぬいぐるみだって友達だもんっ。何、馬鹿にしてるのっ？」

「……し、してないって、してないよ」

そんな僕らの様子を見て、コーネリアさんがクスクスと笑う。

「本当に仲がいいのだな二人とも」

「うんっ。わたし兄さんのこと、大好きだもんっ」

ニィナの晴れやかな笑顔を見ていると、一日の疲れが吹っ飛ぶ。

まあ天与の原石に移籍してからは、以前より疲れなくなったけど。

「兄さんもわたしのこと好きだもんねー」

「……え、あ、う」

ここでうん、なんて言ったらシスコンって思われちゃうかも。

は、恥ずかしい……。

「えー！　兄さんなにその曖昧な返事っ。ニィナのこと好きだよねっ？　ちゃんと言って！」

「……い、いや照れくさいから……」

「言ってくれないと嫌いになっちゃうよっ」

「……ご、ごめんって。好きだって」

「えへー♡　わたしも兄さん大好きっ」

やれやれ、こんな時だけワガママなんだからもう……。

「ところで、コーネリアさんって何歳？」

「私か？　今年で一七だ」

「兄さんと一個しか違わないんだ。それなのに、兄さんより大人っぽいねっ」

「……うう、童顔気にしてるんだから、そーゆーこと言わないでくれよ」

何歳になってもぜんぜん大人っぽくならないんだよなぁ、僕って。

一方でコーネリアさんは、歳がほぼ一緒なのに大人の雰囲気を醸し出している。

というか、もっと年上なのかと思ったけど……ニィナとのノリを見るに、結構子どもっぽいなこの人。

「む？　どうした？」

「……なん、でもない。それより、もう遅い、よ？　家まで、送ってく、よ？」

二〇時を回っている。

明日も仕事あるし、コーネリアさんも冒険者としての活動があるからね。

てゆーか、落日の獅子を抜けるってマジなのだろうか。

「心配には及ばん。私はここにご厄介になるからな」

「…………………………は？　ど、どういうこと？」

「内弟子という言葉を知らないか？」

「うち、でし？」

「師匠のもとに住み込みで弟子入りすることだ。寝食を共にすることで、師匠の強さの秘訣を知るのだ」

「……し、寝食、ともにー⁉」

そんな……！　聞いてないよっ。

「……あ、あの……お、お帰りに、どうぞ」

「えー！　コーネリアさん、うちに住むのっ？」

一方でニィナはすっごい嬉しそうだ。

「うむ！　今日から世話になる」

「わぁ！　わぁ！　うれしいなぁ！　ねえ、一緒に寝てもいいっ？」

「もちろんだともっ！」

ニィナが花が咲いたみたいに、笑う……！

ま、眩しい……！

本当に、嬉しそうだ。

……でも、そうだよね。

父さんも母さんも、いないし。僕は……男だし。

ガーネット師匠は、基本、冥界にいるし……。

ニィナ、夜は一人で寝るけど、本当は誰かと一緒に寝たかったのかも……。

「ということだ、キルト殿。しばらく住み込みで側にいさせてほしい」

「お願い兄さんっ。コーネリアさんを置いてあげてっ」

ど、同世代の女の子と、一つ屋根の下で暮らす……？

む、無理無理無理……って、前なら、断ってたかも。

でも……今は、ニィナが本当に楽しそうにしている。

兄貴として、妹の喜ぶことは、してあげないと……だよね。

「……わ、わかった。そ、そのかわ、り……ニィナが、ちゃんと、面倒見るん、だよ？」

きょとん、コーネリアさんとニィナが目を点にする。

けど、二人はぷっ……と噴き出した。

「ニィナ、キルト殿は面白い方だなっ」

「うんっ！　面白さにかけては、兄さんの右に出る人はいないよっ」

……な、なんだか馬鹿にされてるような……。

で、でも……ニィナが楽しそうなら、いっかと思うのだった。

★

コーネリアがキルトの家に厄介になることになった、その日の夜。

「うむ……？　ふぁああ……トイレ……」

コーネリアは一人、トイレに目を覚ます。

用を足して戻ろうとすると……キルトが窓際で立っていた。

「どうしたのだ、キルト殿……？」

そこで、彼女は気づく。

キルトは黒衣と、銀の仮面を身につけていた。

「ど、どうしたのだ……？　黒銀の召喚士の格好をして……？」

キルトが振り返る。

ぞくり……と背筋に悪寒を憶えた。

彼の体から、静かな殺気が立ち上っていた。

「……ごめん、コーネリアさん。妹を、お願い。ちょっと、出てくる」

「う、うむ……ど、どこへ行くのだ？　こんな時間に？」

キルトは小さく静かに、つぶやく。

「……魔物が、この街に向かってくる。それも……大量に」

11. エルフ、魔物の群れから助けられる

キルトが暮らす街から離れた森。
そこに、一人の少女が迷い込んでいた。
「はぁ……！　はぁ……！　も、もうだ、めで、すぅ……」
倒れ込む彼女の側頭部から、尖った長い耳が覗く。
彼女はエルフ。長命で、魔法の腕に長けた種族だ。
族長の娘、名前を【クリスティーナ】。
エルフにしては胸の発育がよく、青い瞳は泣きだしそうなくらいに垂れ下がっていた。
「マミー……ダディー……ちーなには無理ですぅ……援軍を呼んでくるなんて……」
チーナとは、クリスティーナの愛称だ。
先ほど、エルフの隠れ里を、謎のモンスターが襲った。
黒い大量の狼が、突如として湧いて出たのである。
エルフたちは魔法で応戦するも、全く歯が立たないどころか、狼の数は増すばかりだ。
逃げながら戦ったものの、黒い狼は猟犬のごとくしつこく追い回してきた。

『チーナ！　助けを呼んでくるんだ！　人間たちの中に【黒銀の召喚士】というやつがいるらしい！　そいつならなんとかしてくれるはずだ！』

里長である父はそう言って、クリスティーナを逃がしたのである。

「捜すったって……無理ですよぉー……手がかりもなんもないいんですしぃ～……」

ぴくっ、とクリスティーナの長い耳が揺れる。

「ひっ……！　き、来たですぅ……！」

彼女は常人より鋭敏な五感を持つ。

クリスティーナが森の奥を見つめる。

森の草木を掻き分け、おびただしい数の黒い狼が追いかけてきた。

里のエルフたちが魔法で応戦したというのに、まるで数が減っていなかった。

「ひぅ……！」

逃げようとしたが、クリスティーナは足をもつれさせてその場で顔から倒れる。

「ぷぎゃっ……！　いったぁ～……あ、あぁ……」

彼女の周りを、黒い狼たちが隙間無く囲っていた。

「ち、ち、ちーなを食べても……お、おいしくないですよぉー……」

だが彼女の懇願空しく、腹を空かせた狼たちが襲いかかってくる。

「もうだめですぅー……！」

と、そのときだった。

突然黒い獣たちが、跡形もなく消え去ったのだ。

「はえ……？　な、なに……ちーな……たしゅかったのぉ～……」

目の前の信じられない光景に、彼女は絶句する。

地面ごと、黒い獣たちはえぐり取られていたのだ。

「……だい、じょー、ぶ？」

彼女の隣にふわりと降り立つのは、黒いコートを着た、銀仮面の男だ。

「は、はひ……」

……実はパンツをぐっしょりと濡らしているが、それは内緒である。

「あ、あのぉ……あ、あなたは……？」

「……ただの、通りすがり、です。おけが、は？」

銀仮面の男が聞いてくる。

「はぅ……♡　優しい……！　好き……！」

黒い獣たちを一瞬で葬り去るほどの強さ、そして女性を気遣う優しさ。

そんな彼に秒で惚れるクリスティーナ。

「……何が、あったの？　すごく……たくさんの、気配、するけど」

「はいです！　説明するですぅ、黒衣の君！」

「……こくいの、きみ？」

この仮面の男……キルトのことだ。

クリスティーナは里を襲った謎の黒い獣のことと、それに追われていることを話す。

「助けを求めに街へ向かっているところですぅ。そしたら黒い狼もついてきてぇ……」

「……なる、ほど。大体、わかった」

キルトは黒衣を翻し、クリスティーナが逃げてきた方角を向く。

「ど、どこ行くんですかぁ？」

「……その黒い獣、狩る」

「な、なぜ、ただの通りすがりのあなたがそこまで……？」

獣たちの向かう先には妹がいる。

エルフの少女を追ってやってきたということは、このまま放っておけば、黒い狼たちは街に襲いかかってくるだろう。

大事な人を、黒い獣の魔の手から……。

「……守りたい、から」

それを聞いたクリスティーナは、もうイチコロだった。

目をハート型にしてキルトの腰に抱きつく。

「……な、なに？」

「抱いてほしいですぅぅ♡」

「……意味が、不明！」

この少女は『守りたいから』、というキルトの発言を【君を守りたいから】と脳内変換したのだ。

　結果、キルトに心を奪われた次第。

　なんともチョロいエルフであった。

「……はなし、て。戦えない、じゃないか」

「わかりましたぁ～……♡　うぇへへ～……だーりぃん……♡　新婚旅行はどこに行きますぅ～……♡」

　彼女のペースについて行けず、キルトは無視することにした。

　キルトは持っていた黒い魔本を操作する。

「……召喚【神翼馬（ペガサス）】」

　宙に浮いた本のページがぱらぱらぱら、と自動的に捲（めく）れ、魔法陣が展開。

　そこから翼の生えた白い馬が召喚される。

「ぺ、ぺ、ペガサスぅ……！　伝説の神獣ですぅ……！」

　クリスティーナは大いに驚き、ペガサスを見やる。

「……僕は、いきます」

「はいですぅ！　ついていきますぅ、だーりん♡」

「……ダーリンじゃ、ない」

　置いていきたかったが時間が惜しかったので、連れていくことにしたのだった。

★

キルトはペガサスに乗って空を駆けた。

ほどなくして、彼は眼下に黒い獣の大群を見つける。

草原を埋め尽くすほどの大量の狼たち。

「……まとめて、一気に消す、か」

「ま、待ってほしいですぅ……！」

慌ててクリスティーナが彼の腰にしがみつく。

「まだ他のエルフたちが戦ってるですぅ……！」

確かに目をこらすと、エルフたちが必死に戦っていた。

だが魔法で身を守っているものの、魔力の消費が激しく、いつまで持つか……。

魔力が切れたものは剣や弓で立ち向かっているが、全滅するのは時間の問題だ。

「……敵だけ、消せば……いい？」

「は、はいぃ～……で、でも魔法力の高いエルフでも全く相手にならなかった相手ですぅ。しかもこの数……とても全部倒すことなんて……」

だが、キルトには焦り（あせ）も恐れもない。

彼はペガサスの上で魔本を開く。

冥界で過ごした三年間は、彼に膨大な戦闘経験を積ませた。

多数を相手にする術も当然身につけている。

「……召喚【冥界列車】」

「め、めーかい、れっしゃ……？」

その瞬間、キルトの頭上に黒い門が出現する。

「な、なんの音ですぅ～……しゅっぽしゅっぽって……？」

「……来る、よ」

バンッ！　と勢いよく扉が開く。

扉からまず現れたのは骨でできた線路だ。

宙に敷かれた骨の線路は複雑な軌道を描いて伸びていく。

次に汽笛を鳴らしながら扉の向こうから姿を見せたのは一本の列車だ。

黒く光るボディの蒸気機関車が骨の線路を走ってくる。

先頭車両、それに続くそれぞれの客車には全体にびっしりと目がついており、眼下の敵たちをその目でバッチリ捉えていた。

「……冥界列車の……車掌の手からは、誰も……逃れられない」

車窓が開くと、そこから無数の手が伸びる。

幽霊の手のようなものが、まるで滝のように頭上から降り注ぐ。

「きもいですぅ……！」

無数の腕は黒い獣だけをピンポイントで拘束。

そしてそのまま魚を釣り上げるがごとく、空中に引っ張り上げる。

そして車窓のなかに黒い獣たちを次々と引きずり込んでいく。

列車が月下の草原上空を走る。

白く伸びた手が黒い獣を駆除しまくっていく。

やがて……その場に黒い狼は一匹もいなくなった。

汽笛を鳴らしながら異形の列車は扉へ戻っていく。

そして……門の扉が閉まった。

「あ、あの化け物は、どこ連れてかれたんですぅ〜……？」

「……冥界」

「冥界ぃ！　あ、あの……転生させられない超ヤバい魂が永久封印されるっていう、あの冥界ですぅー！」

さすがエルフ、物知りだった。

こくりと頷くキルトを見て、クリスティーナは……またも目をハートの形にして尊敬のまなざしを向ける。

「すごいですぅ……♡　だーりんは……最高ですぅ〜……♡」

エルフの少女はキルトの腕に抱きつく。

彼は今まで見たことのないくらい大きく、そして柔らかな乳房の感触に戸惑い……。

「…………」

フッ……とペガサスの姿が失せる。

「ひょぉえええええ……！」

キルトとクリスティーナは空中に投げ出される。

ぽよんっ、と彼女は何かに柔らかくぶつかり、地面に軟着陸する。

「す、スライムですぅ～？」

キルトが魔本を閉じると、彼が召喚した大きなスライムが消える。おそらくあれがクッションの代わりとなったのだろう。

キルトは空中に浮いている。

「……伝承召喚【治癒の女神エイル】」

彼が召喚術で伝説の女神を出現させる。

女神が吐息をつくと、傷ついたエルフたちが一瞬で回復した。

「傷が治った！」「食いちぎられた腕が生えたぞ！　奇跡だ！」

周囲にいたエルフたちは目の前の信じがたい光景に目を剝く。

キルトはみなの無事を確認すると、転移魔法でその場を後にした。

「だ、大丈夫かチーナ！」

「ダディー！」

エルフ里長が娘のクリスティーナのもとへ駆けつける。

娘の、そして父の無事に安堵し、二人は抱き合った。

一方でエルフたちは歓声を上げていた。

「あの黒衣の英雄様がおれたちを助けてくださったんだ！」

「うぉおお！　黒衣の英雄様ばんざーい！」

わあっ！　とエルフたちが手を上げて喜びをあらわにする。

「黒衣……そうか。さっきの彼がウワサの【黒銀の召喚士】だったのだな！」

「ダディー！　お礼を！　お礼しないとですぅ！」

「ああそうだな！　よし、チーナ。朝になったら早速礼を言いに行くぞ！」

エルフの里長とその娘クリスティーナは、夜明けとともに黒銀の召喚士ことキルトのいる街に向かったのだった。

12. クソ上司、本部長に嘘がバレて怒られる

キルトがエルフたちを助けてから、数時間後。

「くそ……気が重い……ギルド本部に出頭なんて……」

キルトをクビにしたギルドマスター、クソジョーシは、重い足取りでギルド協会本部へ向かっていた。

先日、コーネリア・パーティが魔神と相対(あいたい)したとき、撤退の進言を無視してギルメンを危険に追いやった。

そのことについての詳しい事情聴取のため、エイジ本部長に呼び出されていたのである。

「はぁ……あの人、怒ると怖いんだよなぁ」

クソジョーシは、本部の立派な建物の中へと入る。

総合受付で用件を話すと、一人の女性が現れた。

「クソジョーシ様ですね」

恐ろしくきれいなスーツ姿の美女だ。

青みがかった銀髪。

眼鏡の向こうでは宝石のような紫紺の瞳が輝いている。

「本部長のもとへご案内いたします」

確かこの女は、エイジ本部長の秘書だったなと思い出す。

見た目は二十代くらいだろうか。

豊満なバストとくびれた腰、すらりと長い手足にスーツ姿がよく映えている。

建物の奥に進むと、本部長の部屋の前に到着。

秘書がドアを開けると、豪奢な室内がそこには広がっている。

窓際に座っているのは、白いメッシュの入った、黒髪の男だった。

「こんにちは、クソジョーシさん」

「え、エイジ本部長……お久しぶりです」

本部長はニコニコと笑っていた。

正確な年齢までは把握していないが、クソジョーシがいち冒険者だった頃から本部長をしている。

かなり高齢というウワサも聞くが、しかし実年齢は誰も知らない。

「お忙しいところ呼び立てて申し訳ないですね。ハニー、彼にお茶を出してあげなさい」

「かしこまりました」

秘書の女は頭を下げると、部屋備え付けの給湯器のもとへ茶を用意しに行く。

「そんなところで突っ立ってないで、お座りください」

「は、はい……」

常日頃から笑顔の本部長。

表情が変わらないからこそ、彼が腹の中で何を考えているのか……怒ってるのか……呆れているのか……わからない。

恐る恐る、彼が指さすソファに座ろうとして気づく。

見たことのない金髪のエルフの青年がソファに座っている。

「そこのエルフの御仁は、どなたですかな？」

「彼はロシュー。私の古い友人なんです。どうやら彼は人捜しをしているらしいのです」

「はぁ……人捜し、でありますか？」

ロシューと呼ばれたエルフの青年は、表情を明るくすると、立ち上がってクソジョーシに近づいて手を握ってきた。

「あなたが、黒銀の召喚士様の所属するギルドの、ギルドマスターか！」

ややあって。

クソジョーシたちはソファに座り、ロシューの話を聞いていた。

「謎の黒いモンスター……それを倒したのが、黒銀の召喚士……いや、うちのギルメンだったということかっ！」

どうやら昨晩、ロシューたちの暮らすエルフの里がモンスターの襲撃に遭ったらしい。

「黒銀様には感謝してもしきれない。ぜひ、お礼をと思って」

「しかしどこにいるのかわからず、ロシューは私のもとを訪ねてきたということです」

「がははは！　そうかそうか、うちの黒銀が貴公らを助けたのかぁ！」

やったぞ！　とクソジョーシは内心ほくそ笑む。

ここでギルメン（と勝手に宣伝している）の黒銀の召喚士が人助けをしたとなれば、ギルドマスターであるクソジョーシの株も上がる。

コーネリアたちを一歩間違えば死に追いやるところだった罪は、これでチャラになる！

「感謝しろよぉエルフの長殿ぉ？　黒銀がいなかったら、大事な里の民はみんな死んでいたぞぉ？」

「それはもちろん。ではさっそく黒銀の召喚士殿に、会わせていただけるか？」

「会わせていただけるか、だってぇ？　会わせてくださいだろぉ！」

すっかり天狗になっているクソジョーシ。

「クソジョーシさん、お客さんに失礼ですよ」

エイジ本部長がやんわりと注意する。

「おっとっとこれは失礼！」

「ところでクソジョーシさん？　一つ、確認しておきたいことがあるのですが……」

エイジ本部長は目をスッ……と糸のように細める。

いつも笑顔の彼だが……しかし今ばかりは、どこか鋭いナイフのような眼光を放っている。

「黒銀殿は、あなたのギルドに所属する冒険者。そうですね？」

「そのとおり！」

「今も……貴方のギルドには黒銀殿が所属していると？」

「もっちろん！」

……クソジョーシが調子に乗っていられたのは、ここまでだった。

「そろそろですかね。ハニー」

彼の隣に控えていた美女が頷く。

「お客様ですね。すべて承知してますよダーリン」

「言わずともわかるとは、さすが私の愛しい妻だ」

秘書（？）は微笑むと、エイジ本部長に唇を重ねる。

彼もまた笑顔でキスを返す。

彼女は再び微笑むと、部屋の入り口まで移動する。

「相変わらずエイジ殿と奥方殿は仲がよいな」

ロシューが本部長に言う。

「ええ、毎日ラブラブですよ。この歳になっても毎晩求められて困ったものです」

彼の冗談にロシューが笑う。

そして、秘書がドアを開けると、そのタイミングで……。

「うおっ！　扉が勝手に開いたですぅ！　怖いですぅ！」

「……あ、あの、は、はなし、放して……」

本部長の部屋に、一組の男女がどたばたと入ってきた。

巨乳のエルフ少女。そして……。

「き、キルト⁉　なぜ貴様がここに⁉」

冴えない黒髪の少年、キルト・インヴォークが、そこにいたのだ。

「やぁ、キルトくん。初めまして」

穏やかな口調で本部長がキルトに挨拶をする。

「……は、い。は、はじめ、まして」

「呼びだてして申し訳ないね」

どうやらキルトをここに呼んだのはエイジ本部長のようだ。

ぐいぐい、と巨乳エルフ少女ことクリスティーナはキルトの手を引いてロシューの側に来る。

「ダディー！　黒銀様、見つけたですぅ！」

「でかしたぞチーナ！」

娘と父は喜色満面。

だが……クソジョーシは顔面蒼白になる。

「なっ⁉　ば、ば、バカを言うなぁ！」

クソジョーシは立ち上がって声を荒らげる。

「き、キルトが黒銀だとぉ！　う、嘘をつくな！」

だがふるふる、とクリスティーナは首を左右に振る。

「ちーなは耳がいいんです。彼の声を聞いて、わかりましたです。このキルト様が、エルフを助けてくれた大英雄様ですぅ～」

クリスティーナは鋭敏な五感を持つ。

ゆえに彼の持つ声だけでなく、細かい所作からも、黒衣と仮面で正体を隠していたキルトの素性を見破ったのだ。

「チーナ、どこで黒銀殿を見つけたんだい？」

「そこのラウンジで見つけたんですぅ。ちーなが外でダディー待ってたら、偶然！」

エイジ本部長にたまたま呼び出されたキルトが、協会本部でたまたま助けたエルフの娘と再会し、たまたまこの本部長のいるここへ連れてきた。

……恐ろしいまでに、偶然が重なりすぎていて、クソジョーシは寒気をおぼえた。

まるで、誰かが仕組んだようにすら感じられた。

「どうしました、クソジョーシさん？　ご気分でも悪いのですか？」

ジッ……とエイジ本部長がこちらを見つめてくる。

彼は笑顔だった。……だが、彼からもの凄いプレッシャーを感じる。

「さて、クリスティーナさん、ロシュー。二人はキルトくんに話があるんですよね？」

「はいですぅ！」「ああ、彼にお礼を言いたい」

うんうん、とエイジ本部長は笑顔のまま頷く。

「ハニー。彼らを別室に案内してあげなさい」

「かしこまりました、ではお三方、こちらへ」

　秘書（?）が三人を別室へと案内しようとする。

「……あ、あの……ほ、本部長」

「ん？　ああ、もちろん正体は口外しませんよ。ご安心ください」

　ほっ、と安堵の吐息をつくキルトに、エイジ本部長は言う。

「君には後日、個人的に話したいことがあります」

「……ひっ。く、くびですか？」

「まさか！　大事な私の部下……コーネリアくんたちの命を救ったことのお礼を、改めてしたいと思っているだけですよ」

　エイジ本部長にとっては、末端のギルドメンバーだとしても、ギルド協会に所属している冒険者は、大事な部下に当たると考えているようだ。

「ではキルトくん。また後で。君にとっては迷惑かもしれないけど、ロシューたちのお礼を素直に受け取ってあげなさい」

　ぺこりと頭を下げると、キルトは部屋を出ていく。

　残されたのはエイジ本部長と、クソジョーシだけだった。

「さて……クソジョーシ」

　二人以外誰もいなくなった部屋で、エイジ本部長はドスをきかせた声で言う。

　身に纏う空気が変わる。一気に部屋の中が氷の世界になったようだ。

極寒の眼差(まなざ)しをクソジョーシに向けながら、エイジ本部長が口を開いた。

「私があなたの浅はかな嘘を、見抜けないとでも思ったか？」

「あ、いや……これは……その……」

全てを悟る。この協会本部長は、はじめから何もかも知っていたのだ。

黒銀の正体も、クソジョーシが、嘘をついていたことも。

「黒銀が落日の獅子(しし)に所属しているという嘘は、見逃してやっていた。一応かつてはあなたのギルドに所属していたからな」

しかし、とエイジ本部長は続ける。

「ギルメンを勝手に追放するとは……どういう了見だ？」

「だ、だって……か、彼は……そのぉ……」

キルト追放時、まさかやつが黒銀の召喚士だとは思ってもみなかった。

定時で帰る不届きな若造だとばかり……だからクビにしたのだ。

「おおかた定時で帰る不届きな若造、と表面的にしかキルトくんを見ていなかったのだろう」

……本当に、心の中を読んだようなタイミングでエイジ本部長は言う。

「あなたは、私がこの世で最も嫌いなものを知っているか？」

エイジ本部長は座ったままだ。

特別なにかスキルや魔法を使ったわけじゃない。

ただ、睨(にら)んだだけだ。

それだけで、クソジョーシはその場に尻餅をついて、がくがくと震えてしまう。

「未来ある若者を、不当な理由で虐げる、無能なクソ上司だよ」

「ひぃいいいい！　す、すみません！　すみませんぅうううう！」

ふぅ、とエイジ本部長はため息をつく。

「謝るべき相手は私か？　違うな？　……ギルマスの座が惜しいのならば、何をすればいいかわかるな？」

「はいいい！　承知いたしましたぁあああ！」

駆け足でクソジョーシは部屋を出ていく。

早く謝って連れ戻さないと、エイジ本部長から本格的な罰が与えられてしまう！

クソジョーシはそう思って、キルトの後を追う。

だが、もう遅かった。

13.　クソ上司、キルトが有能職員と今更気づく

キルトの正体が黒銀の召喚士……らしい。

ギルド協会本部にて。

クソジョーシは首をひねりながら、まだ協会本部内にいるであろうキルトのもとへと急いでいた。

「あの口下手(くちべた)で仕事のできん若造が黒銀の召喚士だと……？　そんなバカな。認められるわけがあるかっ！」

事実クソジョーシはキルトが召喚士として活躍している場面を見たわけではない。

キルト＝黒銀であると主張していたのは、どこの誰とも知れないエルフの小娘だ。

また、コーネリアを助けたのがキルトだという話も聞いたが……それでもまだ信じがたい。

「わしは信じないぞ。あんなガキがすごい冒険者なんて……ありえない！」

だが、エイジ協会本部長からは、きちんと謝罪するようにと命令されてしまった。

黒銀＝キルトが事実かは定かではないが……上から睨(にら)まれている以上、形の上ではキルトに謝罪せざるをえない。

「なぜわしがあんなガキに……くそ！」

ややあって、クソジョーシはキルトを見つけ出す。

彼に対するエルフ父娘（おやこ）の用件は済んだようだ。

「おいキルト！」

「……く、クソジョーシ……さん」

恐る恐る振り返るのは、黒髪の少年だ。

……どうしてもこの陰気な若造と、最強の冒険者とが同じ人物には思えなかった。

やはり、あのエルフの小娘とコーネリアはでたらめを言っているのだと内心で思う。

協会の廊下にて。

「少し貴様に話がある。ついてこい」

普段のキルトなら、これでオドオドと自分の後についてくるはずだった。

だが……。

「……は、話、なら……こ、ここでも……できます」

「なにっ？　貴様、わしに逆らうのか？」

若造の分際で！　と口から出そうになった言葉を飲み込む。

自分は今から謝ろうとしていたのだ。

……いや、待てよ、と思い直す。

そうだ、なぜこちらが謝らなくてはならない？

こいつをクビにしたのは、こいつが使えないからだぞ？

エイジ本部長は理不尽に彼を追い出したことに腹を立てていた。

だが……そうだ、よく考えなくても、こいつは無能、追い出すに当たる理由がある。

期待に応えるような仕事ぶりを見せなかったのだから。

「……あ、あの？　よ、用事ない、なら……帰り、ますけど？」

そのオドオドとした態度がさらにクソジョーシの癇に障った。

「キルト。貴様、わしのギルドに戻れ」

考えてみれば簡単な話だ。

キルトがギルドに戻ってきたという結果があれば、別に謝らずともいいではないか。

この少年は気が弱い。

落日の獅子にいたときは、ギルマスであるクソジョーシの言うことを何でもはいはいと聞いていた。

ならば、彼に戻ってこいと命令し、ギルドに復帰させる。

そうすれば謝ったことにして万事解決……。

「さぁ戻ってこい。これは、命令だ」

だが……。

「……お、お断り、します」

キルトは目線を泳がせながら言う。

「は……？　き、聞き間違えかな……貴様、断る？　と言ったのか？」

それはあり得ないことだった。

なぜならこのキルトという少年は、クソジョーシの命令にこれまで一切逆らったことがなかったからだ。

「……も、戻らない。ぼ、僕はあ、あなたのもとへ、戻らないって、言ったんです！」

……彼にしては珍しく、ハッキリと拒絶の意を示した。

「な、なぜだ……？」

「……ぼ、僕はもう……て、【天与の原石】のメンバー、です、から」

クソジョーシは意外すぎるキルトの行動に目を剝いていた。

この男がまさか自分の命令に背くとは。

てっきり一言命じれば戻ってくるものと踏んでいたので、断られた後のパターンは考えていなかった。

だがキルトからすれば別にクソジョーシの命令に従う義理などありはしない。

もう別の組織に移ったのだ。クソジョーシは、自分の上司じゃない。

「……それ、じゃ」

ぺこりと頭を下げてキルトが去っていく。

「ふ、ふんっ！　ま、まあいい。後からやっぱり戻ってきたいと言っても遅いからな！」

クソジョーシが声を荒らげる。

「貴様のような陰気で無能な輩、すぐにクビになるに決まっている！　我慢強いわしだから二年間も使ってやったのだ！」

だがいくら言葉を重ねても、キルトが考えを改める素振りはない。

彼は一顧だにせずギルド協会本部を出ていく。

「貴様が無能だとバレて、あの小娘のギルドをクビになる姿が目に浮かぶわい！　そのときに泣きついても遅いんだからなぁ……！」

クソジョーシの声はむなしく、ギルド協会の廊下に響き渡るのだった。

★

キルトに拒絶され、クソジョーシもギルド協会を後にする。

彼の目算では半月も経たずにキルトは次の職場もクビになると思っていた。

行き場を失えばさすがに彼も自分のもとへ帰ってくるだろう。これは確定事項だ。

そう思って、本部長への報告は先延ばしにすることにした。

謝ってもいないし、キルトをギルドに戻すこともできなかった。

そんな状態でおめおめと本部長のもとへ顔を出せば、左遷されるのが目に見えている。

「ふん……あんな無能なガキ、いても足手まといになるだけだ。いなくてむしろせいせいするくらいだっ」

そう思っていられたのは、そこまでだった。

クソジョーシが落日の獅子のギルドホールへと入ると……。

「おいまだ終わらねえのかよ！」「さっさとしろよ！　段取り悪いなぁ！」

そこは騒然としていた。

受付カウンターから入り口まで長い列ができている。

「な、なんだこれは……？　どうなっている……？」

「おい責任者はどこだ⁉　責任者ぁ……！」

「さっさとギルマス出せよぉ！」

「「「あ！　ギルマス……！」」」

あちこちでフリーの冒険者（落日の獅子に所属していない冒険者）が騒いでいる。

受付嬢たちは大汗をかきながらペコペコと頭を下げる。

受付嬢たちがこちらに目を向ける。

全員が駆け寄ってきて、それぞれがまくしたてる。

「ギルマス！　すみません、ちょっとわからないところが……！」

「あのクレーマー、わたしには相手できません！　なんとかしてくださいっ！」

「もう無理です！　やめます！　無理ですぅ！」

……現場は大混乱していた。

とりあえず状況を把握するべく、クソジョーシは受付主任を捕まえる。

彼女もいっぱいいっぱいのようだった。

クレーム処理に時間を取られて、何度も頭を下げている。

やっと彼女が解放されたタイミングで、クソジョーシは理由を尋ねる。

「また近くで大きなダンジョンが出現したんです」

「そんなのいつも通りじゃないか。なぜ今回はここまで混乱しているのだ？」

「それは……キルトくんがいなくなったからです」

「なっ⁉　き、キルトだと⁉　なぜヤツの、落ちこぼれギルド職員の名前が出る⁉」

ふるふる、と受付主任が首を振る。

「とんでもない！　彼はとても有能な子でした！」

受付主任からの評価が高いことに、クソジョーシは驚く。

「確かに彼は口下手なところはありましたが、仕事はできました。誰よりも早く仕事をこなし、他の人のカバーをしてたんです。それで定時で帰れるんだから大した子でしたよ」

「そんな……聞いてないぞ！」

逆ギレするクソジョージだったが、受付主任もまた声を荒らげて反論する。

「きちんと報告しました。あなたが耳を貸さなかっただけではありませんかっ！」

……確かにこの女、キルトを追い出す前から、ヤツについて何かうるさく言っていた気がする。

だが全て戯言だと思って聞き流していた。

「とにかく、今うちではキルトくんほどの有能な子はいません。それどころか、キルトくんに面倒ごとを押しつけてたせいで、今の受付嬢たちは対応力に欠けてます。現場が混乱するのは当然です」

「ぐ、く……くそっ！」

まさかこんな状況になっていたなんて、クソジョーシは知らなかった。

「と、とにかくなんとかしろ！」

「なんとかって……どうすれば？」

「そ、そ、それを考えるのも貴様の仕事だろうが！　こうなってるのも貴様の監督不行き届きだろうが！」

ぶちっ、と何かが切れたような音がした。

「ふざけんじゃないわよ！」

どんっ、と受付主任がクソジョーシの胸を突き飛ばす。

「全部あんたのせいじゃない！　あんたがキルトくんを無能と断じて、私の声に耳を貸さなかったからこうなったのよ！」

受付主任は胸につけた落日の獅子の職員バッジをむしり取ると、投げ捨てる。

「悪いけどやめさせてもらいます！　さようなら！」

現場責任者の受付主任が去っていく。

残ったのは混沌とした状況、そして、現場経験の浅く、対応力のない受付嬢たち……。

「「「ギルマス、なんとかしてください！」」」

「き、貴様らでなんとかしろ！」

「「「無理です……！」」」

「く、くそ！　くそおぉおおお！」

……結局その日は、夜遅くまで混乱が続いた。

これで一日目。

だが、ダンジョンがクリアされない限り、この地獄は続く。

そして……今まで攻略に手こずるダンジョンをクリアしてくれていた黒銀の召喚士は、もう現れない。

……クソジョーシの受難は続く。

14. ギルド職員、ホワイトな職場で楽しく仕事する

僕はギルド職員として、【天与の原石】で働いていた。

「……いらっしゃいませ。ご依頼の方、ですね？」

受付にやってくる人は、大きく分けて二タイプいる。

依頼を出しに来た人と、依頼を受けに来た人。

「そうだけど、どうしてわかったんだい？」

身なりを見れば商人さんだなってことがわかる。

クエストを受けに来たとは考えにくい。

「まあいいか。実は今度となり……」

「……隣町への護衛依頼、ですね。でしたら、このパーティが最適かと。ルートはこちらを使う方が今の時期はいいと思います、よ？」

ぽかん……と口を大きく開く商人さん。

「……あ、あの、ぼ、僕なにか気に障るようなマネし、しました？」

「あ、ああいや。何でもない。随分と手際がいいなと感心したまでだ。ありがとう、手間が省

けるよ」

　商人さんは笑顔で、僕が用意した書類に目を通す。

「うむ、よさそうだ。では君が見繕ってくれたギルメンを手配してくれたまえ。ルートは君が考えてくれた案を採用しよう」

「……ありがとう、ございます」

　僕は規定の料金を商人さんから受け取り、依頼書を発行する。

「こんなに手際のいい職員に会うのは初めてだ。君、うちで働かないかい？」

「……す、みません。ここ、き、気に入って、ます……ので」

「そうかい。残念だ。ではな」

　商人さんが手を振って去っていく。

「わわっ、き、キルトくーん！　ヘルプミー！」

　隣のカウンターでリザ先輩がヘルプコールをする。

「クエスト申請書類のストックがなくなっちゃった！　悪いけど倉庫から取ってきて！」

「……了解、です」

　僕はこっそり召喚術を使用。

　カウンターの上に申請書類の束を召喚する。

　僕は生物だけじゃなくて、武器をはじめとする、こういう物や道具までも喚び出せるのだ。

「……先輩、はいこれ」

「はやっ！　たすかったぁ！　さんきゅーキルトくん！」

先輩が笑顔で僕に言う。

そう、ここの人たちは、手助けをすると必ず笑顔でお礼を言ってくれるんだ。

「……前のとこ、だと……受付主任、さんしか……言ってくれ、なかった、な」

手伝ってもらえることが当たり前みたいな空気だった。

受付嬢さんのフォローをしても、何も言われなかったし……。

それと比べるとここの人たちは、みんな優しくて、大好きだ。

「おいキルトちゃん」

「……受付主任、さん」

初老の女性が僕のもとへやってくる。

「今手あいてるんだろう？　お昼ご飯、先に行っときな」

「……で、でもみなさん、忙しく、してて。カバー、しないと」

受付主任はニカッと笑うと、僕の背中を叩く。

「いいやつだなキルトちゃんは！　けどね、休めるときにちゃんと休まないと駄目だ。腹が減っては戦（いくさ）ができないって言うだろう？」

「……で、でもリザさん、大変そう」

「だいじょーぶい！　気にせずお昼行ってきてー！　あとであたしもお昼行くしー！」

ギルド職員さんたちが僕を見て笑顔で頷（うなず）く。

「あの子らはみんなちゃんと教育されてる。一人でも十分やってけるさ。キルトちゃんが手を貸さずとも大丈夫さ」

　受付主任さんが微笑むと、ぽんぽん、と僕の肩を叩いてくる。

「君が優しい子なのはわかってるよ。けどね、無理してまで他人を手伝わなくていい。一番大事なのは君の体だからね」

「……う、うぐ……ぐしゅ……うう……」

　なんて、優しいんだ……ここの人たちは！

「お、おいおい大げさだねキルトちゃん。ほら、ハンカチ」

「……すみません」

　僕は受付主任さんからハンカチを受け取って涙を拭く。

「ほら、妹ちゃんのとこ行ってやんな。お昼は家に帰って食べてるんだろう？」

「……は、い。いって、きますっ」

　僕はぺこりと皆さんに頭を下げて、席を立つ。

　ギルドを出て僕は職員宿舎へと向かった。

「あっ、兄さんおかえりなさいっ！」

「だーりんおっかえりですぅ～♡」

　車椅子に乗った妹と、エルフ里長の娘……クリスティーナさんが笑顔で出迎えてくれる。

　……そう、なぜか彼女も、僕の家に住むことになったのだ。

『娘が君をいたく気に入ってね』

『お嫁さんになるですぅ！』

……とかなんとか。断ろうにもついてくるし、結局家に居着いてしまった。

「……さみしく、なかった？」

「全然っ。チーナちゃんが遊んでくれてたしっ」

「ニィナちゃんかわいいですぅ～♡」

コーネリアさんも、妹の面倒を見てくれる。

けど彼女には冒険者としての仕事があって、ずっと家にいてくれることはない。

一方でクリスティーナさんは暇を持て余してるからか、妹とずっと一緒にいてくれる。

それが、彼女を家に置く最大の理由だったりする。

ややあって。

「……ごちそー、さま」

「はい、お粗末さまでした」

妹が作ってくれたお昼ご飯のカレーを食べて、僕は一息つく。

「ニィナちゃんはお料理上手ですぅ～♡　旦那さんになる人は幸せ者ですぅ～」

クリスティーナさんが満足げな表情で、ぽんぽん、と自分のお腹をさする。

「えへへっ。ありがとうチーナさんっ！　幸せ者だってさ、兄さんっ」

「……そ、そうだね」

はて、とクリスティーナさんが首を傾げる。

「なんでだーりんに同意を求めるですぅ？」

「だってわたし、大きくなったら兄さんと結婚するんだものっ」

ふふん、とニィナが胸を張って答える。

「……おまえ、まだそんな子どもみたいなこと言って」

「なんで？　兄さんのお嫁さんになっちゃ……だめなの？」

「……いや駄目だろ。まったく、おまえはいつまで経っても子どもだなぁ」

「むぅ。子どもじゃないのに、冗談じゃないのに」

不満げなニィナに、クリスティーナさんが言う。

「じゃあちーなとニィナちゃんは、同じお嫁さん同士ってことになるですぅ！」

「！　たしかにっ！　お嫁さん仲間ー！」

きゃっきゃっ、と二人がはしゃぐ。

またニィナに友達が、増えた！

嬉しい……このギルド宿舎に越してきて、もう二人も友達ができた。

やっぱり天与の原石は最高のギルドだなぁ……。

「兄さん、のんびりしてていいの？　お昼休み終わっちゃうんじゃない？」

「……だいじょーぶ、だよ。昼休み、二時間、あるから」

「二時間もっ！　すごい！　前はそもそも昼休みがなかったのにねっ！」

「……ほんと、それな」

昼休みがあるだけでも嬉しいのに、二時間も休めるなんて、最高かよ。

僕は昼食をしっかり食べ、妹の面倒も見て、ギルドへと戻る。

「あ、キルトくん！　おかーえりっ」

「……リザ先輩。戻りました」

僕は職員さんたちに頭をペコッと下げる。

「……交代、します」

「さんきゅー！　いやぁ、腹減ったぁ」

「……先輩、これ、どうぞ」

僕は魔本を開いて、カレー弁当を召喚する。

「わあっ！　いい匂いー！　カレー？」

「……はい。妹、お手製です」

弁当の包みをリザ先輩に渡す。

「すっごい温かいけど、どうなってるの？」

「……召喚術、です。温かいまま、本に、しまってました」

師匠からもらったこの魔本は、契約したものを取り込むことができる。

無生物は、本の中に入っている間は時間が止まっている。

だからこうして温かいものを、いつでも好きなタイミングで喚び出せる、ってわけ。

「うひゃー！　便利だねぇ。さすがキルトくん！　仕事もできる、気遣いもできる、召喚術もすごい！　いやぁ、すごくいい後輩を持ったもんだ！」

リザ先輩がバシバシ、と僕の背中を叩く。

クソジョーシさんもよく、僕を叩いてきた。

でも先輩のには、ちゃんと愛情がある。

痛めつけてるんじゃなくて、褒めてくれているんだ。

それが伝わってくる……嬉しい。

と、そのときである。

「た、大変だっ！」

ギルドの扉が乱暴に開かれる。

血だらけになった冒険者さんが、転がり込んできた。

「だ、大丈夫っ⁉」

リザ先輩が慌てて彼に駆け寄る。

僕もまた続く。

「何があったの？」

「ぼ、ボスだ。ダンジョンボスと遭遇したんだ。相手が強くて、応援を呼ぶために仲間が囮になってくれたんだ」

僕は魔本を開いて召喚術を発動させる。

ぽんっ、と僕の前に召喚獣が喚び出される。

「たいへんっ！　すぐにダンジョンに行かないと、残してきたメンバーたちが危ない！」

「ああ、ギルマスに急いで取り次いでくれ！　このままじゃ……」

「……だい、じょーぶです、よ？」

「「え……？」」

きょとんと、目を点にする冒険者さんとリザ先輩。

そして……彼らの前に、最初に助けを求めてきた冒険者さんと同じように、血だらけの冒険者さんたちが喚び出される。

「こ、これは一体？」「おれたち、ダンジョンボスと戦ってた、よな……？」

呆然とする冒険者さんたち。

「お、おまえら！　ど、どうして!?」

急を知らせに駆けつけてきた冒険者さんのパーティメンバーたちが、今、この場に突如として現れたのである。

「わ、わかんねえ。なんか一瞬でテレポートしてきたみたいな」

「転移結晶も使ってないのに!?」

転移結晶とは、ダンジョンから一瞬で離脱できる、高価なアイテムのことである。

「一体何が、起きたの……？」

僕はこっそり安堵の吐息をつく。

僕が、やったのだ。

召喚術の技の一つ、【入れ替わり】。

召喚獣と対象者の位置を入れ替える術だ。

これを使って、地下に取り残されていた冒険者さんを、僕が喚び出した召喚獣と入れ替えた次第。

「よくわからんが……助かった！」

「すぐに治療室へ運べ！」

僕は、騒ぎが落ち着いた後、受付主任さんのもとへ行く。

「……すみ、ません。少しだけ外出させてもらって、いいですか？」

「ん？　構わないけど……どうしたんだい？」

「……ちょっと、野暮用を」

ダンジョンボスが現れたのだ。放っては、おけない。

定時で……帰るために、だ。

15. ギルド職員、古竜をソロで討伐する

王都の近くに、新しいダンジョンが出現した。

そこのボスに冒険者さんたちがやられたらしい。

このギルドのみなさんはかなりの実力者が揃っている。その方々が苦戦するということは、なかなかボスが倒されない可能性が高い。

そうなるとギルドが忙しくなって帰るのが遅くなる。

僕はそう考えて、外出許可を取り、ボスのいるダンジョンへと向かった。

その最奥部にて。

「ギシャァアアアア！　グワァアアアアアアアアア！」

「……でっかい」

漆黒の鱗に包まれた、巨大な竜がそこにいた。

仰ぎ見るほどの大きい体。

血のような眼。そしてその巨体の全身から莫大な量の魔力が漂ってくる。

『大人しく帰るがよい虫けらが！』

「…………」

『まあ古竜である我の言葉が下等な人間に理解できるとは思えんがな』

『……古竜、か』

『なっ!?　い、今このガキ……なんと……い、いや！　聞き間違いだな！』

『……いや普通に何を言ってるかわかるんだけど』

『なんだとおぉお！』

この古竜とやらが喋っているのは、召喚術の詠唱に使われる古代言語の一つだった。

僕は冥界の魔女ガーネット師匠から、彼らの言語を教えてもらった（体で）。

『……言葉が、通じるならちょうどいい。大人しく、ダンジョンから出てって』

『断る！　この地下空間はとても居心地がよい！　我が棲み処にする！　邪魔するサルは食らってやろう！』

どうやら新しくできたダンジョンに、この古竜が移住してきたみたいだ。なんて迷惑なんだ……。

『……君、も。邪魔するなら……倒すよ』

僕は冥界の魔本を開く。

『なっ!?　なんだその本はぁ!?　とんでもない力が溢れ出てくるぞぉ!?』

黒革の不思議な本。これは師匠から借り受けたものだ。

『くっ!?　ま、まあよい！　我が、この【黒賢竜ヴァイス】が負けるわけがないのだからなあ！』

ヴァイスとかいう古竜が僕に向かって黒い炎を吐き出す。

一瞬でボス部屋が炎の海に沈む。

『ふはは！　どうだ熱いか？　地獄の炎だぞ！』

『……別、に』

『なにぃいいいいい⁉』

地獄の炎とやらは僕の体に火傷（やけど）はおろか、着ている服に焼け焦（こ）げ一つつけられていなかった。

『……冥界、の炎のほうが、熱かった……よ』

『め、冥界⁉　あ、あのヤバい死者の魂が集（つど）う牢獄だと⁉　なぜ貴様がそんなことを知っている⁉』

『……三年、修行、してた』

『……なんだとぉおおおお⁉』

僕は周りの炎がうざかったので、魔本を開く。

「……召喚【冥界の焔（ほむら）】」

ページから溢れ出してきたのは、青白い炎だ。

それはヴァイスの吐き出した黒い炎を一瞬でかき消す。

『ぐわああああああああ！』

ヴァイスの体に青い炎がまとわりつく。

『あつぅいいいいい！　なんて熱さだぁあああああ！　この古竜の鱗は魔法を無効化するんだぞぉおおおお！』

『……魔法じゃ、ない、ので』

冥界の炎は相手の鱗を溶かしていく。

『く、そぉお！　だが！　貴様のこれは召喚術！　術者を倒せば元の場所に還るはずだ！』

賢竜を謳うだけあって、結構色々知っているみたいだ。

いちいち説明する手間が省けて好都合だな。

ヴァイスは翼を広げて飛び上がる。

『死ねえええええええ！』

凄まじい速さで僕に向かって突っ込んでくる。

けれどその動き、僕にはきちんと見えていた。

「……伝承召喚【ヘラクレス】」

伝説の英雄の魂を召喚し、僕の体に宿らせる。

突っ込んでくる巨体を、僕は片手で受け止めた。

『そ、そんなバカな⁉　し、死者の魂を憑依させ、その力を一〇〇パーセント引き出すだと⁉　あ、ありえない！　召喚術に、そんなことができるわけがない！』

「……冥界では、これくらいできて、普通」

『そんな普通があるもんかぁあああああ！』

僕はヴァイスの鼻先を掴んでいる状態だ。

そのまま力を込めて、壁に向かって投げ飛ばす。

『ふぎゃぁああああああああああ！』

突風に巻かれた木の葉のように賢竜が吹っ飛んでいく。

壁に激突。竜はそのまま壁にめり込んだ状態になる。

『し、信じられん……魔力で肉体を強化した、神速の一撃だった。目で追える速さでないし、ましてやそれを受け止めるなんて……』

僕は賢竜のもとへ行く。

さて、倒すか。

冥界の魔本が自動で開き、パラパラと勝手に捲れる。

『ま、ま、待ってくれ！　降参だ！』

賢竜が突然そんなことを言う。

『我の負けだ！　ここから立ち去る！』

『……そ、う』

よかった、これで残業もなくなるだろう。

『……じゃあ、早く出てって』

『あ、う、うむ……わ、わかった。お前様が、出ていった後に、出ていく』

『……だめ。早く』

『う、うう……じ、実はぁそのぉ』

賢竜ヴァイス曰く、ボスに認定されたモンスターは、自らの意思ではそのダンジョンから出ていけないらしい。

『……そっか。じゃあ、残念だけど』

『ま、待った待った！　お前様は召喚士なのだろう？　我と契約し、我を従えてくれ！』

召喚獣という扱いになれば、ボスのくびきから解放されるんだってさ。

『……さっき、人間、馬鹿にしてなかった？』

『お前様のような強い男は別だ！　頼む、我は死にたくない！』

さてどうしよう。

正直定時で帰れるようになるなら、別に殺す必要はない。

結構気が引けるしね。

『……わかった。契約、だね』

冥界の魔本がスゥ……っと竜の鼻先まで移動する。

『……表紙に、手を置いて』

ヴァイスは爪の先でちょん、と魔本に触れる。

「……従魔契約」

魔本が開いて、中から本のページが溢れ出す。

『な、なんだこれは！　わ、我を殺さないって言ったのにぃい！』

『……殺さない、よ』

ページがヴァイスの体に張り付いて、その瞬間、ヴァイスの体がみるみるうちに縮んでいく。

やがてヴァイスの体から魔力が抜けると、ページが元の本に戻っていく。

『これで契約完了なのか？』

僕は頷いて返す。

そこにいたのは、一匹の小さな子どもの竜だ。

僕が召喚主となったことで、この子の魔力量も制御できるようになった。

ヴァイスはそのままだと魔力が多すぎて、日常生活に支障が出る。

だから魔力を本に封じ込めたのだ。

『体が軽い……！　わはは、よいなこの体！』

ぱたぱたと飛んできて、僕の頭の上に乗っかる。

『……本の中に、入って』

『いやだ。我はお前様に興味がある。側で見させてもらうぞ？』

……まあ、別にいいか。

これを古竜だとは誰も思わないだろうし。

「……帰ろ」

僕は入れ替わりで、天与の原石まで一瞬でテレポートする。

「……ふぅ」

「あ、キルトくん！　大変大変！」

リザ先輩が僕に気づいて近寄ってくる。

「すんごいボスが出現したんだって！」

「……ええー……またぁー……」

ヴァイス（ボス）を倒したと思ったら、また別のボスが現れたなんて……。

最悪だ……。

「……どんな、ボスなんですか？」

「それがね、黒くておっきいすっごいドラゴンなんだってさ！」

……はて、どこかで見たような。

『我のことだろう。この娘が言っているのは』

頭の上でヴァイスがそう解説する。

『……え、でもすんごい強いボスだって。君、たいしたことなかったし』

『いや、我はこう見えても古竜、Ｓランクモンスターを遥かに凌駕するＳＳランクのモンスターだぞ？　倒したお前様が異常なのだよ』

『……君が弱いだけ、では？』

『酷い！』

するとギルマスのヘンリエッタさんが部屋から降りてくる。

「ボスの正体が判明した！　古竜ヴァイス！　黒賢竜の名を冠するモンスターじゃ！」

「「「古竜だって⁉」」」

冒険者さんたちが驚いている。

あ、でも……やっぱりヴァイスのこと言ってたみたいだね。

「すぐに精鋭部隊を送り込む。みな、準備を怠るな」

「「「了解！」」」

ギルメンさんたちがヘンリエッタさんの命令に従って準備しだす。

あわわ、でも、どうしよう。

もう倒してきちゃったのに……。

言った方が、いいよね？

無駄足を踏まさずに済むし。

「……あ、あの、ヘンリエッタさん？」

「む、どうしたキルトよ。ああ、おぬしにも出動してもらいたいのじゃが……」

「……それ、なんですが……僕、倒し、ました」

きょとん、とヘンリエッタさんが目を点にする。

僕は頭に乗っていた子竜のヴァイスを手に持って、彼女に見せる。

ジッ……とヘンリエッタさんは、黄金の瞳でヴァイスを観察すると、青ざめた顔になって叫ぶ。

「ほ、ほ、本物じゃぁぁあああああああ！」

ギルマスは僕の肩を掴み、揺さ振ってくる。

「いつの間に⁉　先ほど目撃情報があったばかりなのに！」

「……つい、さっきです」

「なっ⁉　し、し、しかしそうか……誰よりも早くギルドのピンチを悟り、人知れず倒してくれていたのか……さすがじゃな！」

バシバシ！　とヘンリエッタさんが僕の背中を叩く。

い、いえ定時で帰りたかったから……なんて、言える雰囲気じゃなかったのだった。

16. ギルド職員、ウワサになる

古竜を討伐してから数日経(た)ったある日。

僕は受付カウンターで……だらだらと冷や汗をかいていた。

「……あ、あの……クエストの受注、ですか？」

目の前にいるのは爽(さわ)やかなイケメン顔の剣士さんだ。

「いや、クエストではない。私は黒銀殿にお会いしたく、参上したのだ」

イケメン剣士さんが真剣な顔で僕に詰め寄る。

「……こ、黒銀、なんて名前の人、い、いないです……よ？」

騎士さんは首を振って言う。

「失礼。黒銀の召喚士殿のことだ。ここにいるというウワサを聞いたのだ」

ウワサぁ⁉　な、なんで……？　どうなってるの……。

「はいはい、どーしましたー？」

困っていると、リザ先輩が僕のもとへヘルプに入ってくれた。優しい……！

剣士さんは、黒銀の召喚士に会いに来たと説明をする。

「あー、今そのウワサよく聞きますけど、うちにはそんなメンバーいませんよー？」

「そうなのかい？　実に残念だ。是非とも稽古をつけてほしいと思っていたのだが……」

「ごめんなさーい。またどうぞー」

リザ先輩が剣士さんを追い払ってくれて、ホッ……と吐息をつく。

「……ありがと、ございます」

「気にすんなっ。後輩を助けるのも先輩の仕事ですからねー、えっへん！」

背の小さい先輩が胸を張ると、何だか子どもが無理して偉ぶってるようで微笑ましい。

て、ゆーか……それどころじゃない！

「……あ、あの、リザ先輩。黒銀がここにいるって、ウワサ、ほんと、ですか？」

「うん。そうだよー」

やっぱりマジなんだ！　え、な、なんで知られちゃったの……？

「この間さ、ソッコーで古竜が倒されたじゃん？」

僕の頭の上で古竜ヴァイスがあくびをする。

先日ダンジョンを占拠していたこの子を、僕が定時退社のために倒して、召喚獣にしたのだ。

「んで、そうなると自然と黒銀の召喚士がやったんじゃない？　ってウワサになったわけ」

「……で、でも天与の原石にいるって、どうしてそう思われてるんですか、ね？」

「そりゃ、まだ古竜が出現したってことが、うちのギルドしか知らないうちに倒されたんだもん。うちのメンバーの誰かって考えるのが自然でしょー」

うわぁ！　しまった……もっと時間をおいてから倒せばよかった！

『我が主よ、なぜそこまで考えが至らなかったのだ？』

頭の上に乗ってるヴァイスが僕に不思議そうに問うてくる。

『……そろそろ、妹の誕生日、だから。残業……いやだってことしか……考えてなかった』

今、密かにコーネリアさんとクリスティーナさんと、ニィナの誕生日をどうするか計画しているところである。

『ふはは！　やはり我が主は面白き男だなぁ！』

きゅいきゅい、と楽しそうにヴァイスが鳴く。

「そーいやキルトくん。その頭のトカゲちゃんって、可愛いけどなんて種類なの？」

まさか、今話していた古竜がこれですとは言えない。

「……と、トカゲ。ただのトカゲ、です」

『主よ！　黒賢竜、古竜の一種なのだがっ！』

きゅーきゅーと抗議してくるヴァイスを無視する。

「へー、いつ見てもかわいいよねー♡　羽みたいなのも生えてるし、まさかこの間、倒された古竜の生まれ変わりー……だったりして！」

「……あ、あはは。ないない、ですよ。あはは」

古竜ですなんて言ったら、じゃあどうやって手に入れたの、と聞かれて、そこから僕の正体が黒銀だってバレかねない。

黙っておくのが……吉！

「すまんなー、依頼したいんやがー」

「……は、はい。って、ヤーデン、さん」

受付カウンターには明るい色の髪をした男の商人さんがいた。

「えっ⁉　キルト坊！」

ヤーデンさんは目を剝いて叫ぶ。

「……こ、こんにちは」

「お、おお……なんや、どないしたん？　あんた落日の獅子のギルメンちゃうんかったか？」

「……クビに、なりました」

「なっ⁉　なんやてぇ！」

ヤーデンさんが声を張り上げて言う。

相変わらず声の大きな人だ。

「クビ⁉　なんや何したんや？」

「……定時で帰る、職員はいらないって」

「なっ、あ、あの……馬鹿ギルマスがぁ！」

憤怒の表情でヤーデンさんが言う。おそらく僕をクビにしたクソジョーシさんに怒りを向けてるのかもしれない。

「うちが行って抗議してくるわ！」

「……あ、い、いや。だいじょうぶ、です。今、ここで……幸せに、仕事、してます……ので」

それは本当だ。先輩たちは優しいし、ギルメンの皆さんも色々気を遣(つか)ってくれる。

給料もいいし待遇もいい。

だから落日の獅子をクビになってよかったとさえ思っている。

近況を交えてヤーデンさんにそう説明する。

「さよか。まー、あんたがこっちのほうがええっていうなら、ええか。ほなら、召喚獣のレンタルって、こっちでやってもらったほーがええか？」

「……そう、ですね。ギルマス、に聞いてみなきゃですけど」

「わかった。他の商人や貴族連中にも言っとくわ。落日の獅子にキルト坊おらんことをな」

ヤーデンさんは護衛依頼の受け付けを窓口で済ませると、去っていった。

「ね、ねえキルトくん……さっきの商人さんって、もしかしてあのヤーデンさん？　銀鳳(ぎんほう)商会の？」

「……あ、は、い」

「まじでー!?　銀鳳って言えば、国一番の商業ギルドじゃーん！　すご……どういう知り合いなの？」

「……いつも召喚獣、貸してました」

護衛や輸送用に僕の召喚獣を、ヤーデンさんはよくレンタルしていたんだ。

「へー……って、召喚獣？」

はぅ……！　し、しまったぁ！

このタイミングで召喚獣はまずい！

「キルトくん、召喚士なんてやってたの？」

「……あ、え、えっと……は、はい。ま、まあ……弱々、ザコ、召喚士、です。はい」

「ふーん……？　商人さんが借りに来るくらいの召喚獣が出せるのに？」

ひぃい！　しまったぁ……！　墓穴を掘ってしまっているぅううう！

「なんだなんだ？」「どうしたんだいリザちゃん？」

近くにいたギルメンさんたちが僕らに近づいてくる。

ひぃ！　ま、まずい……！

バレちゃうよー！

「あー……ううん、何でもないない。他愛のない世間話だよー」

先輩がギルメンさんたちに手を振る。

「でも召喚獣がうんぬんって」

「黒銀の召喚士さんってすごいよねーって話してただけっ」

……せ、先輩。これ……かばってくれてる、の？

「そっかー」「だよなー、伝説の人がこんな真っ昼間から姿現すわけないしなー」

ギルメンさんたちが散っていく。

ホッ……助かったぁ。

「……あ、あの、先輩。その……」

リザ先輩は苦笑して言う。

「ごめんね色々詮索しちゃって。別にあたしは気にしないよ、君が誰であろうと、可愛い後輩くんであることには変わりないんだからさ」

先輩は、気づいてるのかも……しれない。

けど僕の、正体がバレるのを嫌がるそぶりを見て、黙っててくれたんだ。

ああ、ほんと……ここにはいい人しかいないよ。

前のギルドクビになってよかったぁ……。

と、思っていたそのときだ。

「だーりーん！」「キルトくーん！」

エルフ父娘が笑顔でギルドホールへと入ってきた。

な、なんだか……猛烈に嫌な予感がしてきたぞっ。

「……せ、先輩僕トイレに」

こっそり逃げようとしたのだが、クリスティーナさんが一直線に走ってくる。

「やーんもうなんで逃げるですぅ？　だーりーん♡　あいたかったですぅ～♡」

美少女エルフさんが僕の腰に抱きつく！

ひぃ！　む、胸が！　スライムみたいなやつがぐにゅって！

てゆーか、目立つから！

やめて！

「……な、なんの、用？」

「黒獣に壊された里の復興が終わったので、お礼がしたくて参上したのだよ」

エルフ父がそんなことを言う。

先日クリスティーナさんたちの里が謎の魔獣に襲われた。

それをぼくが助けたことがある。

なぜ今このタイミングなんだっ。

「あの、どなたか存じませんが、今は仕事中なので、話なら後にしてくださいますかっ？」

リザ先輩がまたもカバームーブ！

頼りになる！

「これは失礼、お嬢さん」

「ダディーと待ってるですぅ、じゃあ後でですぅ、だーりん♡」

ふりふりと手を振って、ギルド奥の食堂へと向かう。

ど、どうしよう……。

「キルトくんとやら！」

さっきのイケメン剣士さんが、また僕に近づいてきた！

帰ったんじゃなかったのかっ。

「さっきの大商人といい、エルフ族の方といい……君……ただ者ではないね？」

ひぃ！　疑ってきてる！

「もしかして……君なのかい？」

「……な、なんのこと、で、しょー？」

「君が件の召喚士なのかと聞いてるんだよ」

ば、ば、バレかけてるー！

なんで⁉

「……ちがい、ます」

「ならなぜ目をそらすのだい？」

「……ち、ちがうったら、ち、ちがいますー！」

僕は耐えきれなくなって逃げ出す。

「あ、待ちたまえ！　キルトくん！」

「……きゅ、休憩いってきまーす！」

バレるわけにはいかない。

黒銀の召喚士だってバレたら、難しい仕事をバンバン振られちゃう！

そうしたら帰るのが遅くなるじゃないか。

そんなの、まっぴらごめんだよー！

17. クソ上司、出資者から見限られる

一方その頃、キルトがいなくなったギルド【落日の獅子】では。

なかなかボスが討伐されずにいたが、ついに先日、冒険者の大部隊が組まれてボスが撃破された。

「や、やっと……仕事が一段落した……くそ……」

先日発生したダンジョン、それにともなう激務でギルドは大忙しだった。

キルトがいなくなった穴を埋めるべく、クソジョーシは連日泊まり込みで仕事をする羽目になっていたのだ。

「クソジョーシさん！　大変です！」

ギルド職員が慌てて、クソジョーシのもとへ駆けつけてくる。

顔面蒼白で、汗びっしょりだ。よほどのトラブルがあったと見受けられる。

「なんだ、なにがあったんだ？」

「じ、実は……」

部下からの報告を聞いて、疲れ切ったクソジョーシの顔から血の気が引く。

「は、早くそれを言わないか！」

「い、言いましたよ……でも、後にしろって、クソジョーシさん本人が……」

仕事の最中にこの職員が何かを言っていたような気がする。

聞く耳を持たなかったのは他でもないクソジョーシ本人だった。

「う、うるさい！　重要な案件だとちゃんと言わない貴様が悪い！　くそっ！　役に立たないなぁ！」

ドンッ、と部下を突き飛ばし、急ぎ足でギルマスの部屋へと向かう。

ややあって。

「お。お待たせして申し訳ない！」

部屋の中で待っていたのは、三名。

一人は、明るい髪にサングラスをかけた大商人……ヤーデン。

一人は、赤いスーツに身を包んだ紳士……カーライル公爵。

そして……。

(誰だ、この小娘は……？)

地味な髪色の、素朴な感じの顔つきの少女が座っている。

他の二人は、トップ商業ギルドのギルドマスターと、この国の三大貴族の一人であるカーライル公爵家の当主。

と重要人物に並んで、一人だけ場違いな少女がいて、とても浮いていた。

「すまんな、忙しいとこに来てもーて」

ヤーデンが気軽な調子で話しかけてくる。

「出直そうとは思ったのだが急ぎ確認しておきたいことがあってね」

カーライル公爵は微笑をたたえたままそう言う。

「………………」

少女は依然黙ったままだ。

しかしずっとこちらを睨みつけてきている……ような気がする。

クソジョーシは気を取り直して言う。

「いえいえ！　このギルドの出資者であるお二方には、大変お世話になっておりますからな！　いつでも気軽に訪ねてください！」

そう、ヤーデンとカーライル公爵、いずれも落日の獅子に多大なる支援を行っている、このギルドの出資者たちだ。

ギルドの運営資金はこの大商人と大貴族で持っているようなものである。

(もし彼らの不興を買って出資をやめるなんて言われたら大ごとだからな)

ふぅ……とクソジョーシが内心で吐息をつく。

「んじゃま、さっそく本題に入らせてもらおか……」

ヤーデンがサングラスを指で押し上げて、真っ直ぐにクソジョーシを見てくる。

「なぁクソジョーシはん、あんた……キルト坊をクビにしたって、ほんまか？」

……なぜ急にキルトの名前が出てくるのだろうか？

そもそもこの商人とキルト、どういう繋がりがあるのだろう？

「なぁ？」

「あ、えっと……はい。クビにしましたが、それがどうかしましたか？」

結局答えが見つからず、聞かれたことに素直に答えてしまう。

だがヤーデンの顔色が一気に変わった。

「嘘やろ？　なんでそないバカなことしたんや！」

ヤーデンが急に激怒する。

がんっ！　とテーブルを蹴飛ばす。

「あんたあの子が、妹さんのために一人頑張って仕事してたって知ってて、そない薄情なことしたんかっ!?　なぁ！」

彼にすごまれて完全に萎縮するクソジョーシ。

一方でヤーデンはキルトのことを、仕事面でもプライベートでも気に入っていた。

そんな自分のお気に入りをクビにしたのだ、彼の怒りも無理からぬものだった。

「あの子らが路頭に迷うことになってたらどないするつもりやったん!?」

「い、いや……でも……」

するとカーライル公爵が落ち着いた調子で言う。

「まあ、待ちたまえヤーデン君」

激昂するヤーデンの肩を公爵が叩く。

「彼の言い分も聞こうじゃないか。クビにする正当な理由があったのかもしれない」

「けどなぁカーライルはん……」

「確かにキルト君の家庭の事情は理解している。だがクソジョーシ君は組織のトップだ。ギルドの運営上、問題ある職員をクビにするのもまた長たるものの務めだろう？」

「そりゃ……まあそうやけど……」

よかった……！　とクソジョーシは内心で大きく安堵のため息をつく。

公爵はこちらの立場も理解してくれている。

「では聞こう、キルト君をクビにしたその理由を」

「はい！　やつは……毎日定時で帰るからクビにしてやったのです！」

「「は……？」」

ヤーデンも、そしてカーライル公爵もまた、目を点にしていた。

「やつは我々が仕事しているというのに、定時になると真っ先に家に帰るような不届き者だったのです！　周りの士気を下げるようなマネをしていた……だからクビにしたのです！」

クビにした正当な理由とやらを、自信満々に語るクソジョーシ。

……だがそれを聞いて、ヤーデンもカーライル公爵も……そして、今まで黙っていた少女すらも、呆れていた。

「……ちなみに、お尋ねしますが」

黙っていた女が口を開く。

（ん？　なんだ……この声。どこかで聞いたような……？）

「彼は勤務態度に問題があったのですの？　たとえば、その日の受け持ち業務が終わってないのに定時で帰るとか？」

「ふんっ。いいや、憎たらしいことに仕事は毎日ちゃんとこなしていたらしいです」

三人は目を見合わせ、こくりと頷く。

「ほな、そーゆーことで」

「そうだな、ここまでか」

「……こんな愚かな人が、我が国にいるのだと思うとため息が出ますわ」

三人の放つ不穏な空気を感じ取り、クソジョーシは恐る恐る尋ねる。

「あ、あの……なにか？」

ヤーデンは代表して彼に言う。

「うちら、あんたのギルドへの出資、やめるわ」

「出資を……やめる……やめるですってぇえええええええ!?」

一瞬遅れて、脳がこの緊急事態を理解する。

「な、なぜですか!?」

「あったり前やろ！　バカかあんた!?　勤務態度になんら問題ない子ぉ、定時で帰るってただそれだけでクビにする意味わからんわ！」

「し、しかし……他の職員が残ってるのに……」

「バカ！　そりゃ営業時間中、だらだら仕事しとるからやろ！」

「むしろ時間内に自分の仕事をしっかりこなすキルト君を、私は高く評価するがね」

ヤーデン、そしてカーライル公爵はキルトを思った以上に買っていたのだ。

「そんな彼を……不当な理由でクビにするなど、言語道断ですわ！」

今まで言葉少なだった少女もまた立ち上がって声を荒らげる。

「あの子たちは！　両親がいないのですわよ!?　ヘンリエッタさんが拾ってくれなかったら、今頃彼らは路頭に迷っていたのですよ!?　人の心を持っているのですか貴方(あなた)は!?」

他二人に怒られるならまだしも、こんなただの小娘に、なぜ怒られなくてはいけないのか。

ついカッ……となってクソジョーシは反論する。

「だ、黙れ！　世間知らずのただの小娘の分際で！　大人の事情に口を挟むな、ぶ、無礼だぞ！」

するとヤーデンが立ち上がって、クソジョーシの胸ぐらを掴む。

「口を慎(つつし)めや！　無礼はあんたやぞ!?　このお方を誰や思ってるン!?」

「もういいですわ、ヤーデン殿」

少女は前髪につけてあった髪留(かみど)めをパチン、と取る。

すると……彼女の姿が変貌していく。

長い金の髪、整った顔のパーツ。

真っ白な肌に青い瞳。

「あ……あぁ……あ、あんた……い、いや……あ、あなた様は……」

クソジョーシはその少女に見覚えがあった。

当然だ、なぜならこの国に住んでいる者なら、誰しもが顔を知っている人物だったからだ。

「か、【カトレア】王女殿下……」

「そや！　カトレア＝フォン＝ゲータ＝ニィガ、第三王女様や！　頭が高いであんた！」

王女が身分を隠してここを訪れていたのだ。

「な、なんで……」

「キルトさんには、大変お世話になっていたのですわ」

ヤーデンの銀鳳商会、カーライル公爵家、そして……実は、この国の王家からも、落日の獅子は金を出してもらっていたのだ。

「で、でも……王女様からなんて……金をもらって……ないですよ？」

「王家が特定のギルドに肩入れすれば角が立ちますわ。だから個人で出資してたのですわ……【クラウディア】名義でね」

カトレアは偽名を使って、自分の名前を伏せて出資していたのだ。

「わたくしはあなたに失望しましたわ」

「私もです。こんな愚かな男のいるギルドに、今後金を出す必要はありません」

「よってうちら三人、あんたのギルドの支援から手を引かせてもらいますわ」

落日の獅子を資金面から支えていた、三大出資者から、金がもらえなくなる……。

そう理解した瞬間、クソジョーシの体が震えだした。

「ほなな」

「ま、待ってくださいぃいいいいいい！」

泣きわめきながらクソジョーシはヤーデンの足にすがりつく。

「どうかそれだけはご勘弁を！」

「放せやボケなす！」

乱暴にヤーデンは足を振り払う。

「うちらはな、キルト坊がここにおったから金を出してやってたんや。あの子のいないこんなギルドに価値なんてあらへんのや」

「そ、そんな！　で、では我らはどうなるのですか!?　あなたたちに金を出してもらえなかったら困ります！　路頭に迷ってしまいますぅう！」

情けなく涙を流しながら訴えるクソジョーシ。

だがカーライル公爵は冷ややかな目をして言う。

「君も同じようなことをしたではないか。そのときキルト君に救いの手を差し伸べたかい？」

「そ、それはぁ～……」

はぁ、とカトレア王女がため息をつく。

「皆さん、行きましょう。もうここには用はありませんわ」

二人は頷くと、王女とともに部屋を出ていこうとする。

「ま、待って！　待ってくれ！　待ってぇえええええええ！」

「ええ加減にせえよ！」

ヤーデンはクソジョーシの顎にアッパーカットを食らわせる。

そのまま、クソジョーシはドサリと倒れ伏す。

「まってぇ～……おねがいだよぉ～……まってくれよぉ～……」

クソジョーシは惨めったらしく涙を流す。

だが三人が振り返ることはない。

すでにキルトのいる天与の原石に向かって歩きだしていた。

「どうして……どうしてこんなことになったんだよぉ～……」

それはクソジョーシが、キルト・インヴォークを追放したから。

つまり……自業自得だった。

18. ギルド職員、正当な報酬を受け取る

その日、僕はとても浮かれていた。

僕が冒険者ギルドの受付カウンターで機嫌よく働いていると、頭の上の古竜ヴァイスが尋ねてくる。

『どうした主よ、ウキウキして』

「……とても、嬉しい日、だから」

するとで書き物をしていたリザ先輩が笑顔で言う。

「今日は給料日だもんね～！」

『冒険者とちがって、月ごとに決まった身入りがあるのか』

そのとおり。ちゃんと働けば一定の給金が毎月もらえる。

これこそ僕が求めたもの、すなわち安定した生活。

「何に使うー？　あたしは近くにできたスイーツのお店でたらふくパフェ食べるー！」

えへへ～とリザ先輩が幸せそうに笑う。

先輩は結構大食いさんなのだ。

「……ぼ、くも……使い道、決まって……ます」

「ほー！　なになに、何買うの～？」

「……そ、れは……」

と、そのときだった。

「はいはい、みんなちゅうもーく。みんな大好きお給料さんもってきたよー」

初老の女性職員……受付主任さんが、カウンターへとやってくる。

「やっほーい！　お給料ー！」

リザ先輩も僕も立ち上がって、受付主任さんの前に並ぶ。

受付主任さんが懐（ふところ）から杖（つえ）を取り出し、ひゅん、と一振りする。

僕らの目の前に革袋が出現し、宙に浮かんでいる。

「みんなよく働いてくれたね！　来月も頑張っておくれよ！」

「「はーい！」」

僕は革袋を手に取る。ずっしり……と手にやたらと重さが伝わってきた。

『主よ、毎月支払われるという金はいくらぐらいだ？』

僕は雇われるときに聞いた金額を、ヴァイスに伝える。

『それはどれほどのものなのだ？』

『……僕ら、兄妹が二カ月は普通に暮らせてける、お金』

『ふむ？　しかし主よ、お前様は先日古竜……つまりSSランクの我を倒したではないか？

それを足せば、もっと稼いだことになると思うが？』

その通りだ。いちおう僕は冒険者としても登録している。

『……でも、それ以前に、職員だから。もらえないよ、正式な冒険者じゃ、ないし。前のギルドでも、そーだった、し』

　などと話していると――。

「な、なんじゃこりゃー！」

　リザ先輩が大声を上げる。

「……ど、どうした、んです……か？」

「聞いてキルトくん！　お給料が……倍になってるんだー！」

『ほう、二倍とな？』

　僕とヴァイスがリザ先輩の手元を覗く。

　結構な量の金貨が入っていた。

「すげえ！　おれもだ！」「給料が増えてる⁉」「なんで、給料なんで増えた⁉」

　戸惑うギルド職員たちを前に、受付主任さんが苦笑しながら説明する。

「ギルマスからのお達しでね。今月から一律で給料が倍になったんだよ」

「「「なんだってー⁉」」」

　いきなりのことでびっくりしている面々。

　僕も……びっくりだ。

「詳しいことは私も知らないが、どうやらパトロンが増えたとかなんとかで、ギルドの運営資金が潤ったらしいよ」

『ぱとろん……？』

『ギルドにお金を出してくれる、出資者の、こと』

なるほど、とヴァイスが頷く。

ギルドの運営にはどうしてもお金がかかる。

依頼の仲介手数料にプラスして、個人での出資というのも受け付けているのだ。

たいていは羽振りのいい商人さんや、高い地位にある貴族さんが多い。

出資していれば、自分の依頼を優先的に受け付けてくれたり、安く請け負ってもらえたりする……というメリットがある。

「やったー！　なんでか知らないけどラッキー！　パフェ食いまくろーっと！」

リザ先輩嬉しそう。

さて、僕も中身を見てみようかな。

二倍かー…………って、あれ？

『お、お前様よ…………なんか、もの凄いことになってないか革袋が？』

革袋がパンパンに膨れ上がって、今にもはち切れんばかりだった。

「あー、キルト」

受付主任さんが近づいてきて、こっそり耳打ちしてくる。

「……おまえに客だ。ギルマスの部屋に行くよーに」

★

ギルマスのヘンリエッタさんの執務室にやってきた僕。

「よっ、キルト坊！」

そこでまず声をかけてきたのは商人……ヤーデンさんだ。

「こんにちはキルト君」

「……か、カーライル、公爵まで？」

ヤーデンさんは大きな商業ギルドのトップ。

片やカーライル公爵は、この国の、三大貴族の一人に数えられるほどの有力者だ。

「……な、んでお二人、が？」

「わたくしもいますわよ、キルト様っ！」

急にガバッと抱きついてきたのは、真っ白な肌に金色の髪が美しい女性。

「……か、カトレア様ッ？」

はいっ！　とカトレア様が嬉しそうに返事をする。

『お前様よ、何者だこの女は？』

ヴァイスが頭の上で問うてくる。

『……カトレア、様。王女、様』

『王女⁉　な、なぜお前様は王女などと知り合いなのだ？』

『……前に、モンスターに襲われてたところ、助けた……んだ。それから……何かと、目をかけて……いただくよう……なったんだ、よ』

　けど最近は忙しかったのか、カトレア様とは会えず……そのままギルドを移ってしまったのだ。

「キルトよ。呼び立ててすまないな。まあ、座るがよい」

窓際（まどぎわ）の席に座るギルドマスター……ヘンリエッタさんが言う。

　ややあって。

「……え、と。つま、り……皆さん……このギルドの、パトロンになった……んですか？」

「「その通り！」」

　ヤーデンさんをはじめとして、このお三方が天与の原石の出資者となったという。

　そのため、みんなの給料が増えたというわけだ。

『すごいではないか。お前様のおかげでギルド職員全員の給料が倍になったのだろう？』

『……い、いや……別に、僕、何もしてない……よ？』

『有力貴族や大商人、果ては王女にまで気に入られているとは……。やはり我が主はすごいお人だな！』

　きゅいきゅい、とヴァイスが嬉しそうに鳴き声を上げる。

「……で、でも、いいん、ですか？　出資、なんて」

「当たり前や。キルト坊には世話になりまくっとるんやからな」

「君が所属するこのギルドに出資するのも当然」

「これでキルト様に少しでも恩を返せるのでしたら、安いものですわ♡」

みんな笑顔で頷いてくれる。

僕のことを……認めてくれている人が、こんなにもいたんだ、ちゃんと……。

「キルトよ。おぬしに渡したいものがあるのじゃ。ほれ」

ヘンリエッタさんが懐から小切手を取り出す。

そこには……もの凄い金額が記載されていた。

「……なんですか、これ？」

「古竜討伐の報酬じゃよ」

「「なっ⁉　こ、古竜を討伐しただって⁉」」

お三方が驚いている。……って、しまったぁ！

「……だ、だめです、よギルマス。しょ、正体……ばらしちゃ」

「安心せよ。この人らは、おぬしが黒銀だととっくに気づいておられたようじゃ」

そうなの⁉

隠し通せているかと思ってたけど……。

「商人なめたらあかんでキルト坊。情報が命やからなぁ」

ヤーデンさんが苦笑しながら言う。

「無論君が黒銀の召喚士であることは、公言するつもりはないよ。安心したまえ」

カーライル公爵が微笑を浮かべて言う。

まあ、口の堅い人たちだから、安心だけど……。

うう、どうにもなんだか、僕の正体って最近すぐにバレる気がするなぁ……。

「で、話を戻すとじゃな。おぬしはSSランクモンスターを討伐した。その分の金がそれじゃ」

「……で、でも……お、お給料さ、三倍くらいあったんです、けど？」

「それは当然じゃ。おぬしは人より多くの仕事をこなしておるからな。正当な報酬じゃ、古竜を倒した分も含めて、堂々と受け取るがよい」

……僕は手に持った小切手に……涙を落としていた。

「き、キルト様？　どうなさったのですか？」

「わ、わし、何か悪いことしたかの？」

僕は……僕は、嬉しかった。

ギルド職員としても、冒険者としても……ちゃんと努力を認めてくれる人たちがいることが……。

「キルトよ」

ギルマスが近づいてきて、僕を抱きしめる。

「辛かったな。でも……もう安心せよ。ここでは皆がおぬしを正当に評価してくれる。頑張ったら頑張った分だけ報われる。そういうギルドを……わしの父は創った」

このギルドは、ヘンリエッタさんがお父さんから引き継いだって聞いたことがある。

「わしも父上のその理念に賛成じゃ。頑張りが認められない社会など間違っておる」

ヘンリエッタさんは微笑んで、僕の頭をなでる。

「さぁ、そのお給料で、プレゼントを買ってやるのじゃよ。今日は妹君の誕生日なのじゃろう？」

彼女は、僕の家族の誕生日まで覚えててくれた！

クソジョーシさんは、部下の個人的な事情になんて一切興味なかったのに……。

「む、もう定時じゃな。キルトよ、もう上がっていいぞ」

「……はいっ！」

僕はヤーデンさんたちに頭を下げて、急ぎ足でギルドを後にする。

ああ、ほんと……ここに来れて、本当によかったぁ！

19. ギルド職員、妹の誕生日を祝う

給料をもらった僕は、急ぎ足でおもちゃ屋へ向かった。

予約していた商品を、お店の人にプレゼント用に包んでもらう。

『我が主(あるじ)よ、玩具(おもちゃ)なんぞ、なぜ購入するのだ？』

頭の上で子竜状態のヴァイスが問うてくる。

『……妹の、誕生日、今日、だから。みんなで、祝うん、だ』

騎士のコーネリアさん、エルフのクリスティーナさんと計画したのだ。

今日、ニィナの誕生日を三人で祝うって。

『大事にしてるのだな、妹君のことを』

『……大事だ……よ。なにより……も。母さんから……託されたから』

『母親から？　そういえばお前様たちの両親はなにをしているのだ？』

『……母さんは、数年前に死んだ。父さんは……ニィナが生まれてすぐ、家を出ていった』

ぎゅっ、と僕は拳を握りしめる。

『……今日もどうせ、帰ってこない。母さんが死んだ日も、帰ってこなかったし。……そもそ

も、生きてるかどうかも』

『ふむ……父親のことが嫌いなのだな、お前様は。顔に出ておるぞ、珍しく怒りが……な』

嫌い？　嫌い……なのかな。

わからない……ただ、あまりいい感情を抱いていないのは、確かだ。

『出ていったとは具体的にどういうことなのだ？』

『……さぁ。ある日突然、急に家を出ていったんだ。調査がどうとかって』

『調査？』

『……父さんは【宮廷魔導師】なんだ』

『ほう。宮廷魔導師。そうか、お前様の魔法の才能は、父親譲りなのだな』

僕の使う召喚術は、冥界の魔女ガーネット師匠に伝授してもらった。

けど……師匠は言っていた。

僕にはとんでもない魔法の資質が、あると。

『魔法の才は遺伝するからな。む？　ということは、妹君にも魔法の才能があるのではないか？』

……鋭い。さすが、長く生きている古竜だけはある。

でも、そこに気づいてほしくない。

『……ない、よ。魔法の才能、なんて。ニィナは……普通の、女の子だよ。普通の』

『ふむ……そうか？　お前様が異常なほど強い召喚術を使うのだから、妹君もさぞ……』

「使えないって、言ってる！　でしょ！」

僕は思念ではなく、実際に口に出して、強い言葉で否定してしまった。

「ど、どうしたんだい坊や？」

おもちゃ屋の店員さんが目を丸くしている。

そりゃそうだ、いきなり大声出したら……戸惑って当然である。

「……ご、めんな、さい」

僕は店員さんにお金を払って、プレゼントを持って外に出る。

夕暮れの街を僕は歩く。

『主よ、すまなかった』

ぱたぱた、と僕の隣でヴァイスが空を飛びながら言う。

「……僕、こそ……ごめん」

『いや……我の方こそすまなかった。お詫びじゃないが、プレゼントを持つのを手伝おう』

ひょいっ、とヴァイスが僕の持っているプレゼントの箱を頭に乗っける。

『しかしお前様よ……買いすぎじゃないか、これ？』

僕は両脇に二個ずつ箱を持っていた。

ヴァイスの頭に一個乗ってるので、合計で五個だ。

『……少ない、よ。妹……あんま、物欲しがらない、から。こういうとき……くらい。買ってあげられる機会、は』

ニィナは頭がいい。

自分が家計の負担になっているって、そう思っている。

だからものをねだろうとしない、ワガママも……言わない。

だから、こういうときくらいは、誕生日くらいは……彼女を思う存分楽しませてあげたい。

『よい妹を持ったな……兄上に似て、いい子だ』

ヴァイスが妹を褒めてくれたので、僕は嬉しくて笑ったのだった。


僕らが住んでいる、天与の原石のギルド職員宿舎にて。

リビングスペースに集まった僕らは食卓を囲んでいた。

テーブルの上にはたくさんの料理と、誕生日ケーキ。

「わぁ！　みんな……ありがとうッ！」

ニィナが目を輝かせて、テーブルの上の料理を見ている。

「わぁ！　おいしそう！　でも兄さん、こんな手の込んだ料理、作る暇あったの？」

「……みんなで、協力した、よ？」

「そうですぅ！　だーりんとちーなとの、共同作業ですぅ！」

エルフの里を助けて以降、うちに居着くようになったクリスティーナさんが、そう自慢する。

彼女は、妹と仲良くしてくれる上に家事も得意だった。

特に料理に関しては、僕やニィナ以上の腕前で、プロレベルだ。

「その間、そこの騎士様はなにもしてなかったですぅ〜。嫁失格ですぅ〜」

「ぐぬ……！」

赤い髪の騎士、コーネリアさんが悔しそうに歯がみする。

「お料理も苦手、お掃除も不得意なんて、一体何ができるですぅ〜？」

「だめだよチーナさん！　コーネリアさんいじめちゃっ！」

ぴしゃり、妹がクリスティーナさんをしかりつける。

「コーネリアさんは、忙しい間を縫って、わたしの遊び相手になってくれてるんだよ？　何もしてないわけじゃないよ？」

妹は本当に頭がいいので、自分や周りの置かれている立場を理解しているんだ。

「そ、そうですぅ……ご、ごめんねですぅ〜」

「い、いや……君の言うとおりだ。ずっと私は剣一筋で、女の子らしいことは何もしてこなかったのだ……」

「それだったら、そうだ！　チーナさん、コーネリアさんのために今度、お料理教室開こうよっ！」

ニィナも料理が作れるけど、足が悪いので、できれば台所仕事はしてほしくない。

けど二人がいれば……安心だ。

「いいのか？」

「うん！　いっしょにお料理勉強して、兄さんのお嫁さんになろうよ！」

……妹は未だに僕のお嫁さんになると言って聞かないのだ。

『くかか、愛されてるな我が主よ』

僕はヴァイスのほっぺをムニムニとひっぱる。

「……料理、冷めちゃうよ。食べないと……ね？」

「うん！　いただきまーす！」

ニィナの誕生日のために用意した料理やケーキを、妹は美味しそうに食べている。

「兄さん兄さんっ。ケーキあーんしてっ」

「……もう、しょうが、ないなぁ」

僕は誕生日ケーキをカットして、妹に差し出す。

「次はちーながあーんするですぅ！　ニィナちゃん、あーん！」

「あーん♡」

「では次は私だな」

「あーんっ」

ニィナが幸せいっぱいの笑顔でケーキを頬張る。

ふふっ……ふふふっ。

『嬉しそうだな主よ』

ヴァイスが頭の上で聞いてくる。

『……うん。ニィナが、こんなに楽しそう、なの……母さんが、生きてたとき、ぶり』

母さんが死んで、ニィナは塞ぎ込んでいた時期があった。

あの日から数年経った今、母さんとの決別は済んだ。

でも……どこか僕に遠慮するようになった。気を遣うというか。

『母君を愛しておったのだな、妹君は』

『……うん。ニィナ、物心ついた頃、父さん……家にもういなかったし。母さん、の、こと……なおのこと、好きだった』

『では母君が死んで悲しかっただろうに。……強い子だな』

『……ニィナは、強く、ないよ。強く、なった……だけ。昔は、すごい……泣き虫だった、よ』

色々あったんだ。僕ら兄妹にも。

クリスティーナさんがニィナのほっぺをハンカチで拭く。

「クリームついてたですぅ」

「ありがとう！　あっ。チーナさんもついてるよっ。わたしが取ってあげるねっ」

ニィナがクリームを指で掬って、ぺろりと食べる。

「キルト殿。そろそろプレゼントを渡そうか」

「……そう、だね。ニィナ、お待ちかね……プレゼント、だよ！」

僕は召喚術を使って、買ってきたプレゼントをテーブルの上にドサッと出す。

「わぁ！　わぁ！　すっごーい！　玩具いっぱーい！　お洋服まであるー！」

ニィナが山のようなプレゼントに目を輝かせる。

よかった……喜んでくれたっ。

「素敵なお洋服！　これ、どうしたの？」

「……コーネリア、さん。選んで、くれた。かわいい、やつ、僕……わからない、から」

ニィナが赤いワンピースを手に持って、目を星空のように輝かせた。

「かわいいよこれ！　ありがとう、コーネリアさんっ！」

むぎゅーっ、赤い髪の騎士に妹が抱きつく。

「うむ！　喜んでもらえて何よりだっ」

「あ、兄さんもありがとっ」

「……僕は、ついで、かよ」

苦笑しながら言うと、ニィナが慌てて首を振る。

「そんなことないよっ。兄さんにはいつもずーっと感謝してるよっ。勘違いしちゃだめなんだからねっ」

「……そ、っか。別、に、気にしてない、よ。からかった、だけ」

「むぅ！　ひどい！　妹からかうなんてー！」

あはは、とクリスティーナさんが笑う。コーネリアさんも、ヴァイスも……笑っている。

……仕事クビになって、色々あったけど、それがきっかけで、妹がより幸せになれたのなら……それでいいや。

ああ、こんな幸せ、ずっとずっと、続けばいいのに……。

と、そのときだった。

「よっ！　ニィナ」

僕の魔本が開いて、そこから橙色の髪の毛の魔女が現れる。

「ガーネット様っ！」

ホウキの上に乗っているのは、僕を鍛えてくれた……ガーネット師匠。

「誕生日祝いに来たぜ。ニィナ、ほらプレゼントだよ」

師匠は胸の谷間から小さな人形を取り出す。

「ありがとう！　わぁ！　またお友達が増えたっ。えへへっ！」

ニィナが嬉しそうにしている……。

けれど……僕は、わかっていた。師匠がこっちに、用事もなく来るわけがないと。

『キルト、聞こえてるな？』

僕の脳内に、師匠の声が響いてくる。魔法で会話を飛ばしているのだ。

『アタシが来たってことは、わかってるな？』

『……はい。仕事、ですね』

ああ、と師匠が返す。

『魔神が、地上に出てきやがった。キルト、倒してこい』

20. 魔神、規格外の力で滅ぼされる

キルトの住む街から、ほど近い草原にて。

一柱の魔神が姿を現した。

魔神。神のごとき力を持つ、魔なる者のこと。

かつて魔神の王が、九九九九体の魔神を引き連れて世界を滅ぼそうとした。

だが魔女ガーネットの手によって、死者の魂の眠る牢獄……冥界に閉じ込められていたのだ。

それが今、冥界から魔神が湧き出てきたのである。

『ふは、ふははは！　地上だ！　久しぶりの地上だぁああああああ！』

【剣の魔神】。そう呼ばれるそいつは、月下の草原で吠える。

青い肌に尖った耳、そして額には黒い宝石が埋め込まれている。

その周りには無数の剣が宙に浮いて彼を取り囲んでる。

『この瑞々しい魔力……いいぞ、今の時代……女も子どもも腐るほどいるようだ。くく……！

くははは！　いいぞぉ！　全て食らってやるぅ！』

剣の魔神には、他の魔神同様に使命が与えられていた。

うか』

『【魔神王】様も少しくらいの道草は許してくれるだろう……仕事の前の、腹ごしらえといこうか』

……と、そのときである。

『そうはさせぬぞ、悪しき神よ』

上空から巨大な黒い竜が降り立つ。

『ほぅ……古竜か』

『そうだ。貴様が魔神だな？』

古竜ヴァイス。

かつて黒賢竜と呼ばれ、今はキルトの召喚獣として彼に仕えている、いにしえの竜だ。

『いかにも。私は【魔神王サタン】様より作られし、九九九九柱の魔神が一柱、剣の魔神』

『魔神王……サタン？　それが貴様ら魔神どもの親玉か？』

『然り。それでトカゲよ？　私に何の用だ？　私は空腹で気が立っている……手短にな？』

ごくり、とヴァイスは息をのむ。

地上では敵なしと言われ、魔物たちの頂点に立っていたはずの古竜は……今。

目の前にいる、この、自分より格段に小さな魔神を相手に、決死の覚悟で臨んでいた。

『どうした？』

『……我は、貴様を倒しに来た』

一瞬の静寂。

『く……くくく！　あーっはっはっはぁ！　これは驚いた！　よもや、トカゲごときがこの魔神を殺すというのか⁉　くく、傑作だなぁ！』

超越者の余裕とでも言うのか、魔神には一切の恐れが感じられない。

古竜が殺すとすごんでも、まるで子どもに睨まれたかのごとく、涼しげな表情をしている。

ヴァイスの宣戦布告など、ただの戯れ言だと思っているのだろう。

『なぜ殺す？』

『貴様は、我が主が出るまでもない。彼は今……大事な時間を過ごしている』

古竜が構えを取る。

そう、本来ならばここに来るべきは、黒衣を纏った召喚士のはずだった。

だが、古竜は自ら志願し、彼の代わりにここへ来たのである。

『ほう、貴様にも主がいるのか？　魔神退治より優先させるものがあるとはな』

『ああ。貴様なんぞ相手にするより……遥かに大事なものがあるのだ』

剣の魔神から、凄まじいまでの魔力が吹き荒れる。

それは大地にひびを入れるほどのものだった。

『そうか。ならばその主が来るまでの足止め、ということか』

『いいや、我は主に代わって貴様を倒す……！』

スッ……と剣の魔神から表情が消える。

『図に乗るなよ……地上でデカい顔をしている、トカゲの分際で』

ぞくり、と古竜の背筋に悪寒が走る。

差し迫る死の危険を察し、とっさに古竜はブレスを吐き出した。

ドラゴン・ブレス。それはあらゆるものを蒸発させる破壊の光。

大地をえぐりながら高速で迫るブレスを……。

『くだらん』

剣の魔神は、手刀を構えて軽く振るった。

それだけだった。

ドラゴンの息吹が、真っ二つになったのだ。

『ぐはぁ……！』

剣の魔神のゆるやかな手刀は、真空の刃を作りだし、ブレスごと古竜の体を断ち切る。

右前肢がぼとり……と地面に落ちる。

『この古竜の最大の一撃を……叩き切るだと。しかも……手刀で？　それは……どんなスキルなのだ⁉』

『ふん、勘違いするな。これはスキルでもなんでもない。手を振った。それだけだ』

剣の魔神は空を切る動作をしただけだ。

攻撃する意図すらない。

なんの魔力もスキルも、魔法すら使わず、竜の必殺技を無効化し、さらに竜の硬い鱗を切り裂いた。

『……化け物、め』

そう、正真正銘、魔神とはこの世にいてはいけない化け物なのだ。

『もう終わりか？　さっさと主とやらを呼べ』

魔神の興味は、竜から、その背後に控えているであろう人物に移っていた。

だが、ヴァイスは首を左右に振る。

『ならん！　今……彼を呼ぶわけにはいかないのだ！』

ヴァイスは魔力で肉体を強化すると、凄まじい速さで飛び立つ。

古竜のはばたきは光速を超える。

常人の目では追えない動きで、縦横無尽に魔神の周りを翔ける。

隙を突いて一撃を食らわせるつもりだったが……。

『遅いな。あくびが出る』

剣の魔神は片手で竜の尾を摑む。

凄まじい力だった。抗おうとしてもびくともしない。

魔神はそのまま、片手であくび交じりに古竜を持ち上げると、そのまま地面に叩きつける。

『もういい』

すっ、と魔神が手を上げる。

空中に無数の大剣が出現し、古竜めがけて突進していく。

『ぐわぁあああああ！』

それらの斬撃は、古竜の体をぶつ切りにする。

首だけになったヴァイスを……魔神は見下ろしながら言う。

『結局貴様の主は、なにをしているのだ？』

『……大事な人の誕生日を祝っている……我は、彼らの楽しい時間を……守りたい……守りたかった……』

『ふん。何が誕生日だ。くだらん。全くもってくだらん』

スッ、と魔神が再び手を上げる。

大剣の切っ先が古竜に向く。

『もういい。貴様が死ねば、さすがに主とやらも姿を現すだろう。だから……安心して死ね』

魔神が手を下ろした……そのときだ。

敵の右腕ごと、一瞬で大剣が消し飛んだのである。

『なっ⁉　なんだ……これは⁉　攻撃されたのか⁉』

困惑する魔神をよそに、古竜の隣には、黒い人影が現れていた。

「……僕が、行くって、言ったのに」

人影の正体……キルトは、痛ましいものを見る目で、バラバラになった古竜を見下ろす。

『すまない。だが……妹君と過ごすお前様の笑顔を、お前様の時間を……守りたかったのだよ』

そう言って、ヴァイスは目を閉じる。

別に死んだわけではない。

竜は人間と違い、再生能力が桁外れだ。

気を失い、回復に努めているだけだろう。

「……ありがとう、ヴァイス」

キルトはしゃがみ込んで、眠る古竜の頭を撫でる。

『よそ見してるんじゃあない！』

大量の剣がキルトを取り囲む。

魔神は、下等な人間ごときに右腕を持っていかれたことに、たいそう立腹のご様子だ。

一方でキルトの表情には一切の動揺が見られない。

凶悪な魔神を前にして、無数の刃を目の前にして……この余裕。

それが、魔神の矜持を傷つける。

『人間のくせに、私に手傷を負わせるなど、あってはならぬのだ！　右腕を奪った代償として……この剣のサビになってもらうぞ！』

魔神の命令で無数の剣がいっせいに飛びかかってくる。

「……召喚領域、展開」

パンッ、とキルトが柏手を打つ。

その瞬間、隣で浮いていた魔本から、大量のページが吐き出される。

それらのページは周囲に散らばり、地面に張り付き、透明なドームを形成する。

剣がそのドームに入った瞬間……全て、消えた。

『ば、バカな⁉　剣が消えるだと⁉』

剣の魔神は再び大剣を召喚。

先ほどよりも多くの剣を、雨あられと降らせる。

だが少年の作ったドームに入った瞬間に、全てがかき消される。

『なんだ⁉　なにをされているのだ⁉』

「……ここは、僕の領域。入ったものは……すべて、僕の召喚術の対象と、なる。喚び出すのも、消すのも……自由自在」

召喚領域。

それは冥界の魔女ガーネットから叩き込まれた、召喚術の秘奥義。

普通、キルトは契約した召喚獣なり死者の魂なりを喚び出す。

だが対象には契約が必要となる。(手で触れるなど)

だが召喚領域に踏み込んだ瞬間、無条件に契約を成立させ、召喚術の対象としてしまう。

無論それは魔神の本体だろうと、同じだ。

『そんな……攻撃も通じない、敵も踏み込めない。まさに、無敵の領域ではないか！』

古竜を片手でひねるほどの魔神が、目の前の少年相手に完全に怯えていた。

「……どうした？　来ない、の？」

あり得ない。魔神が怯え、人間が優位に立つことなど。

『ここで気後れしては魔神の名折れ！　魔神王さまの顔に泥を塗ることになる！』

頭上に凄まじい大きさの大剣が出現する。

『墜ちよ！』

魔神の命令に従って、巨大隕石のごとく大剣が垂直落下する。

だがキルトは微塵も動じない。

彼の召喚領域に入った瞬間、大剣がかき消された。

「……返す、よ。召喚」

ザシュッ……！　と剣の魔神の腹部に、自身が出した大剣が突き刺さる。

見えなかった、いつのまにか剣が出現し、攻撃していたのだ。

そう認識するよりも早く、剣の魔神の全身に、彼が所有していたはずの無数の剣が突き刺さる。

『……規格外、過ぎる』

それだけを言い残し、魔神は消滅した。

魔本の中に魔神が吸収されていく。

ぱたん、とページが閉じた瞬間、透明なドームも消える。

『……信じられぬ。一歩も動かず魔神に勝利するとは』

いつの間にかヴァイスが目を覚ましていた。

子竜の姿になってはいるが、傷は完治している。

ホッ……と安堵の吐息をつくキルト。
だが古竜は戦慄していた、彼の尋常でない強さに。
『お前様……何者なのだ？』
「……ただ、の。ギルド職員、だよ」
唖然とした表情を浮かべた後、古竜は言う。
『お前様のようなギルド職員が、この世にいてたまるかっ！』

21. 魔神、誕生日の邪魔をして敗北

剣の魔神が出現した、その数分後。

キルトたちのいる街の遥か上空に、またしても魔神が出現していた。

というより、もともと今回の襲撃は、二柱共同で行うはずだったのだ。

『魔神王さまは協力せよと申したが……つるむなど弱者の行為ではないか。魔神としての、矜持が許さん』

空高くから街を睥睨しているのは、【溶岩の魔神】。

体が高熱のマグマで形作られた魔神だ。

『剣の魔神がどうしているか知らんが……我は魔神王さまのご指示通り【聖女】をいただくとしよう』

バッ……！　と溶岩の魔神が手を頭上に掲げる。

「そーはさせんよ」

溶岩の魔神の目の前に、ホウキに腰を下ろした妙齢の女性が現れた。

『き、貴様は【冥界の魔女】!?』

橙色の長い髪を持つ美女……ガーネット・スミス。

「おうさ。あんたんとこの総大将の宿敵さんですよっと」

ガーネットは手にしたボトルからワインをグラスに注いで、んぐんぐ……と一息に飲み干す。

『わ、わたしをころ、殺しに来たのか⁉』

「いいや、それはできない約束でね」

ホッ……と魔神は安堵の吐息をつく。

冥界の魔女の恐ろしさはよく知っている。

なにせ九九九九柱いる魔神を一人で封印したのが、他でもないこの魔女だからだ。

「アタシの代わりにあの子が処刑するよ。愛しの【聖女】を守るために……ね」

ぞくり！　と魔神は背筋に悪寒を憶える。

振り返るとそこには……黒衣を身に纏った少年がいた。

巨大な漆黒の竜ヴァイスの背に跨る彼からは、強烈な殺気が発せられている。

「……次から、次へと」

少年の目には、明らかな怒りの炎が宿っている。

決して逃がさない、確実に殺すという……断固たる決意が見られた。

「……ニィナの、誕生日の……邪魔を、するな」

彼の怒りが魔力となって放出される。

そこに込められた力の波動は……魔神を恐怖させるほどに禍々しい。

『ひぎぃいいいいいい！　く、来るなぁあああああ！』

魔神が、体を構成するマグマで、巨大な溶岩の塊を作り、射出する。

だがキルトの召喚領域に入った瞬間に、その溶岩が消える。

すぐにわかった、彼我の実力差を。ゆえに溶岩の魔神は、狙いを変える。

『こ、こうなったら【聖女】を殺して魂を回収する……！』

魔神は体を爆発四散させる。

街の上空に大量のマグマが散らばり、降り注ごうとする。

「……召喚【水精霊ウンディーネ】」

キルトの隣に体が水でできた美女が出現する。

水の精霊がキルトによって召喚されたのだ。

主の命令で水のバリアを街上空に展開。

魔神の数千度の溶岩の直撃を受けてもバリアはびくともしなかった。

『ばかな……ありえない！　たかが精霊に、ここまでの力はないはず！』

こぶし大の溶岩となった魔神が、呆然とつぶやく。

「そりゃー、キルトの力だよ」

その隣でふよふよ浮いているガーネットが、ワイングラス片手に言う。

「あの子は、ただ召喚獣を喚び出せるんじゃない。彼が持つ【冥界の魔力】の働きによって、喚び出された側は超パワーアップするのさ」

『冥界の……魔力……。聖女といい、なぜそんな重要人物がこの街に集まる⁉』

「さてね。ま、あの世で考えるこったな」

そうガーネットが言うのと同時に、キルトの召喚した勇者の剣が、魔神を叩き切る。

召喚された武装もまた、キルトの力によって威力が何倍にも増幅されていた。

跡形もなく、魔神が消し飛ぶ。

夜空の上では、ガーネットが優雅にワインをあおる。

キルトはギュッ……と唇をかみしめる。

「……魔神、の、襲撃……頻度(ひんど)、増えて……ますね」

「そうさね。あの子が力をつけている証拠さ。今日……歳を一つ重ねただろう？」

「……はい。今日、十一に、なりました」

「そっか。どうりでな」

キルトとガーネットの会話に、黒賢竜(こくけんりゅう)ヴァイスだけがついていけなかった。

『なぁ、お前様よ。魔神は、ナニをしに来たのだ？　やつらの言う、【聖女】とは……なんなのだ？』

ちら、とキルトがガーネットを見やる。

ふぅ、と彼女はため息をつく。

「なぁ古竜、あんたキルトと買い物したとき、面白いこと言ったたな。魔法の才は遺伝する。ならばニィナにもすごい才能を秘めている可能性があるってな」

キルトの尋常でない魔法力は、父親から受け継がれたものだ。

ならば、妹であるニィナも、同様の強い力を秘めているはずだ……と。

「ご名答。ニィナにも才能がある。それも……このアタシ、冥界の魔女に匹敵するレベルの、とてつもない才能がな」

『なっ⁉　妹君もまた化け物レベルなのか⁉　し、しかし……本人はただの可憐な少女ではないか？』

「そりゃ当然さ。アタシがニィナの力と記憶を全力で封じているからね」

『力と記憶……？　……封印しなければならないほど、強い力をニィナは持っているということか？』

そのとおり、とガーネットが頷く。

「ニィナが歳を重ねるにつれて、自身の持つ【特別な力】が増幅している。アタシの封印を破るほどにね」

『では……やつらが言っていた聖女とは……』

「そ、ニィナのこと。やつらはニィナの魂が欲しいのさ」

明かされた真実を前に、ヴァイスは戸惑う。

友達に囲まれ、無邪気に笑っていたあの幼な子が、魔神が欲するような強大な力を秘めているとは……到底思えない。

『そもそも聖女とは、一体……』

「……おしゃべり、は、ここまで……だよ」

キルトは立ち上がって、入れ替わりを発動させる。

一瞬でキルトは、自宅へと転移した。

いつの間にかヴァイスは子竜の姿になっていた。

「あー！　兄さん、やっと戻ってきたー！」

きこきこ、と車椅子を動かしながら、ニィナが近づいてくる。

可愛らしく頬を膨らませながら、兄を見上げる。

「おトイレが長すぎますっ！」

「……ご、ごめん……お腹痛くって」

「えっ⁉　だ、大丈夫なのっ？」

ニィナは表情を一変させ、心配そうに兄のお腹を撫でる。

「痛いの痛いの～とんでけっ！　どう、兄さん、痛いのなおった？　大丈夫？」

妹は本気で心配していたのだ。

そんな優しい妹の姿に、兄は微笑む。

「……うん。大丈夫になった、よ。ニィナの、おかげ……だ。ありが、と」

「そっかー！　よかったぁ～。だめだよ兄さん、お料理おいしいからって食べ過ぎちゃっ」

「……そうだ、ね。気をつける、よ」

ニィナは微笑むと、兄の手を引いてリビングへと促す。

『健気(けなげ)な子だな』

ヴァイスが念話(ねんわ)で話しかけてくる。

『母を失い、父も行方不明。さらにその身にとてつもなく大きな宿命を背負っているというのに……他者を労(いたわ)る優しい心を持っている』

『……うん。だから、僕が守るんだ。ニィナの、幸せを』

ニィナは車椅子を止めると、兄の方を向く。

「兄さん」

「……ん？　なぁに？」

妹は花が咲いたような笑みを浮かべる。

「今日は素敵な誕生日、ありがとう！　とってもとっても、楽しかったよ！」

兄は優しく微笑んで、こくりと頷く。

「……どう、いたしまし、て。来年……も、喜んで、もらえるよう……がんばる、よ」

ヴァイスは主を見上げて思う。

この少年もまた、妹以上に苦労している。

妹を養い、さらには妹を魔神王の魔の手から守る。その上で、兄としての役割もきちんとこなしている。

常人では、決してできないことを、ただの少年がこなしている。

『お前様は立派だよ。さすが、我が主だ』

22. クソ上司、部下が不満爆発し次々辞める

キルトが妹の誕生日を祝っていた、一方その頃。

朝。ギルドが開業する前。

彼を追い出したギルドマスター、クソジョーシは、ギルメンたちとミーティングをしていた。

ギルドホールに集っているのは、落日の獅子のスタッフたち。

「今日、貴様らを定時前に呼んだのは他でもない……たるんだ貴様らに活を入れるためだ！」

職員たちが顔を見合わせて首をかしげる。

たるんでいる、とはどういうことだろうか。

「貴様らの最近の体たらくっぷりはなんだ！　たかが事務処理に夜遅くまで時間をかけて……！　そのシワ寄せがこっちにまで及んでいることに気づいているのかぁ……！」

クソジョーシはギルメンたちに怒鳴り散らす。

彼がなぜこんな無意味なことをするのか。

ミーティングをする暇があるなら、この時間を事務処理に当てればいいのに。

端的に言うなら……憂さ晴らしだった。

ギルド協会本部長からは叱られ、大切なパトロンたちからは逃げられた。

ギルドの財政は今や逼迫した状況。

それを招いたのは、キルトを追い出した自分。

悪化する状況と増え続ける仕事量によって、クソジョーシの精神的なストレスは日に日に増して酷くなってきた。

よって部下たちを集めて当たり散らすことで、ストレス解消をしようと思ったのである。

なんとも愚かな行為だった。

「組織の構成員の分際で、長たるわしにまで仕事をさせるとはどういうことだっ⁉　上司に仕事を手伝ってもらうなど恥ずかしくないのか⁉」

ギルメンたちは何も言い返してこない。

反撃できない立場から、一方的にストレスをぶつけることの、なんと心地よいことだろうか。

「し、しかし……現に今、自分の仕事だけで手一杯どころか……手が足りてない状況でして……」

「なら、昼休みも、休日も返上して仕事をしろ！　まったく最近の若い連中ときたら、根性がないんだからな！」

ビキッ……と職員たちのこめかみに青筋が浮かぶ。

クソジョーシはストレスを吐き出していい気分になっているだろうが、罵詈雑言を浴びせられて、職員たちが面白く思うはずがない。

他者を思いやる気持ちに欠けている。

それが、クソジョーシのクソ上司たるゆえんだった。

「もう……我慢できないっ！」

職員の一人が、ついに声をあげる。

「なに？　なんだ貴様……その反抗的な目は？」

気分を害されたクソジョーシは職員を睨みつける。

「そもそもあんたがっ、キルトをクビにしたのが全ての原因だろうがっ！」

「ぐっ……！」

職員たちはとっくに、ここを去ったキルトの偉大さを思い知っていた。

キルトは、この仕事について何でも知っていた。

わからないことを聞けばすぐに答えてくれた。

どこに何があるのか完璧に把握していた。

仕事が溜まっていたら、フォローに回ってくれた。

「キルトはいいやつだ。仕事ができるやつだった！　それを気づかずにクビにする……あんたが無能なんだよ！」

「なんだその口の利きかたはぁ⁉」

声を荒らげても、職員は一歩も引かない。

へっ……！　と小馬鹿にしたように鼻を鳴らす。

「聞いたよあんた、上客のパトロン全員に逃げられたんだろ？」

「なっ⁉　なぜそれを……！」

出資者がいなくなり経営が危ないことなど、部下たちに知られたくなかった。

自らの失態を部下に知られるなど、長としてのプライドが許さなかったからだ。

「とっくにみんな知ってるぜ？　ウワサになってるよ。あーあ、キルトをクビにしなきゃ、今頃こんなことになってないのになぁ！」

「だ、黙れぇええええ！」

こちらは雇ってやっている立場だというのに、部下の敬意に欠ける態度に……クソジョーシは怒りを覚えた。

「それ以上わしに逆らってみろ⁉　貴様もクビにしてやるからなぁ！」

にやりと邪悪に笑ってクソジョーシが言う。

そう、所詮彼らは雇われの身。日々の生活が成り立っているのは自分のおかげなのだ。

クビをちらつかせれば、やつらとてなにとぞそれだけはごカンベンを！　と這いつくばって、今以上に働くことだろう……。

……と、クソジョーシは愚かにもそう思っていた。

「ああ、わかったよ。辞めてやるよ」

だから、部下がそう答えたとき……意外過ぎて耳を疑った。

「は？　え？」

「こんなクソギルドこっちから願い下げだ！」

自分に楯突いた部下が、ギルドの職員証をむしって捨てる。

「こんな泥船さっさと降りるのが吉だぜ！」

そう言って彼はきびすを返してギルドホールから出ていく。

「おれも辞めてやるよ！」「こんなとこ、もううんざりだ！」

一人辞めると宣言したことをきっかけに、他の職員たちも次から次へと退職を願い出てきた。

「な、なぜだ⁉　バカな！　し、仕事を失うのだぞ⁉」

「だからなんだよ、おっさん」

「お、おっさん⁉」

出ていこうとする部下が、クソジョーシを見下ろして吐き捨てるように言う。

「確かに仕事を失うのは辛い……けどな、ここで働いてるほうがもっと辛いんだよ！」

「別にギルドはここだけじゃねえしな。じゃあなクソ上司！」

集まっていたギルド職員が、四割ほどにまで減っていた。

「……ど、どうしよう……」

と、そこでタイミングの悪いことに、ギルドの開業時間になってしまったのだ。

ばたん！　と扉が開くと、冒険者たちがなだれ込んでくる。

あっという間にカウンターには超長蛇の列ができあがっていた。

「おいさっさとクエスト発注してくれよ！」

「もう始まる時間だろ？　なにぼさっとしてるんだよぉ！」

……たった今職員が何名も辞めていったところだ。

ただでさえ通常業務が回ってない状況だったのに、人数が減ってさらに大変な事態になってしまった。

「お、おれ辞めます！」「わたしも！」

出遅れていた職員たちも、ギルドの職員証を放り投げて逃げ出す。

「あ！　こら！　待て！　待つんだ！　話し合おう！　だから逃げるな！　なぁ！」

だがみな、我が身が一番可愛いのである。

これで職員は全盛期の三割程度になってしまった。

「おいまだかよ！」「さっさとクエストだせよ！」「おっせーんだよタコが！」

ギルドの受付は、さらなる大混乱を起こしていた。

それを招いたのは……誰であろう、クソジョーシ本人だった。

「くそ！　くそぉお！　くそぉおおおおお！」

クソジョーシは泣きながら、少なくなってしまった職員とともに対応に追われる。

だがすでに仕事のできるやつらは抜けてしまっている。

……やはり一番はキルトを失ったことだ。

もう、駄目だ。

これは……どうにもならない。

「キルトぉ！　帰ってきてくれよぉ！　キルトぉおおおおお！」

エイジ本部長から頭を下げてでも戻ってきてもらえ、と言われたとき……心の中では不満がいっぱいだった。

なぜ自分より下の、定時で帰るような不届き者に謝らないといけないのかと……。

だが、ようやくクソジョーシは理解した。

キルトがこの落日の獅子の屋台骨を支えていたのだ。

彼がいなくなれば立ちゆかなくなると、エイジ本部長はわかっていたのだ。

……キルトの重要性を理解していなかったのは、クソジョーシだけだったのだ。

「わしが悪かった！　キルトぉ！　戻ってきてくれぇえええ！」

だが今さら彼の重要さを、身をもって知っても……もう遅いのだ。

彼がピンチに駆けつけることはない。

なぜなら……クソジョーシ自ら、彼をギルドから追い出してしまったからだ。

23. ギルド職員、頑張りが全て認められる

僕の妹の誕生日から数日経った、ある日の朝のこと。

ギルド【天与の原石】にて。

「……お、はよ……ござい、ます」

ドアには鍵がかかっていた。

今日も僕が一番乗りみたいだ。

僕は前のギルドのくせで、誰よりも早く職場に来てしまう。

前は溜まっていた仕事をこなすために早く来なくてはいけなかったのだけど……。

今は仕事が適量に割り振られているので、別に早く来る必要はない。でも習慣になっているため、なんとなく朝早起きしてしまう。

「……お掃除、しよ」

僕は召喚獣を喚び出す。

彼らとともに、ギルドの床や壁、天井……隅々まで綺麗に清掃をする。

一通り終わり、僕は一息つく。

ちょうどそのときだった。

「おお、キルトよ。おはよう」

銀髪の少女に声をかけられた。

柔和(にゅうわ)な笑みを浮かべているのは、このギルドの長であるヘンリエッタさんだ。

「……おは、よう……ござい、ます」

ぺこっと僕は彼女に頭を下げる。

「今日も朝から暑いなぁ」

今は夏、朝から外気温は三〇度を超えている。

「こんな日にも掃除とは、感心感心じゃ。毎朝ありがとう」

ヘンリエッタさんが笑顔で言う。

「……えっ。な、なんで？」

この人はどうして……知ってるんだろう？

僕が掃除してる、ってことを。

「おぬしが毎朝誰よりも早く来て、掃除しておること……わかっておるよ。ここはわしのギルドじゃぞ？」

「…………」

「見事じゃ。ここまでピカピカに掃除なんて普通できぬ……って、どうした⁉　なぜ泣く⁉」

あ、あれ……泣いてたの、僕？

なんで……だろう。

「なにかおぬしを傷つけるようなこと言ったかの？　すまないなぁ」

申し訳なさそうなヘンリエッタさんを見ていると、かえって申し訳なくなってくる。

「……ち、ちが……いま、す。そんなこと……言われたこと、なくて」

前のギルド、落日の獅子でも、僕は朝来たら必ず掃除をしていた。

けれど誰一人として、そのことに気づいてくれなかった。

別に頼まれてやっていることでもない、ただの自己満足だから、何も言われなくても当然だと思っていたんだ。

僕がそのことをヘンリエッタさんに伝えると、彼女は微笑んで言う。

「自己満足なものか。おぬしは、立派なことをしておるよ」

ヘンリエッタさんは背伸びして、僕の頭を撫でる。

「ギルドを訪れる者が、気持ちよく利用できるように掃除をしてくれていたのだろう？　誰に頼まれるわけでもなく、率先して。ありがとうな」

彼女の言葉が心を癒やす。

「うぐ……ぐす……うう……」

「ほれ泣くでない。皆が来る前に涙を拭くのじゃ」

ハンカチを貸してもらい、僕は目元を拭う。

「わしは嬉しいよ。おぬしのような職場に愛情を持ってくれる子が入ってきてくれてな」

「……あり、がとう……ござい、ます」

「感謝するのはわしのほうじゃ。この愛するギルドを、愛してくれて感謝の言葉しかないよ……って、おい！　また泣くでない！」


午前中の仕事をしている最中だった。

僕は受付カウンターにて、冒険者さんの依頼をさばいていた。

「ああん？　もういっぺん言ってみな？」

眼前にはガタイのいい、強面の冒険者さんがいる。

不機嫌そうな表情で、僕が提示したクエスト内容を見ている。

「おれ、討伐クエストがいいって、昨日言ったよな？　南の森近辺で見繕っておいてくれって。でも……おまえが用意したのは採取だ。しかも北の森。真逆じゃないか」

若干苛立っているように見えた。

うう……怖い……。

「どういうことなんだよ？」

「……す、すみ、ません……」

以前の職場だったらここで冒険者さんはキレて怒鳴ってくる。

けれどこのギルドのギルメンさん（ギルドに所属する冒険者さん）は……怒ってこない。

僕の答えをジッと待っていた。

話を、聞いてくれるんだ。ちゃんと……言わないと。

「……み、南の森……は、け、今朝……亜種のモンスター、いました」

「亜種だと？」

「……は、はい。亜種の犬人……は毒を、使います。魔法使いのいない、あ、あなたの……パーティでは、毒、危ない。だから……別の、仕事……向いている、やつ……用意、しました」

冒険者さんはジッ、と僕の言葉に耳を傾けてくれていた。

お、怒ってる……かな？

や、やっぱり勝手にクエスト変えるのは、よくないって……言われるかも。

「そういうことなのか。サンキュー」

「……はえ？」

怒られるどころか、感謝されたぞ？

ど、どういう……ことだろう？

「何驚いているんだよ？　おれのパーティの力をちゃんと正確に把握してくれてて、おれたちができるもん用意してくれてたんだろ？」

こくこく、と僕は慌てて頷く。

「あんがとな。無理してクエスト行って、仲間が毒食らってたら大変だったわ」

ぽん、と冒険者さんが僕の肩を叩く。

「いい仕事ぶりだな。できる新人が入ってきてこっちは大助かりだ……って、おい！　ど、どうしたんだよ急に泣いて？」

　あ、あれ……また僕……泣いてるの……？

　なんか……涙腺が緩くて最近……。

「……ま、前のギルド、では……よ、余計なことすんな、って怒られて……だから……」

「あーなるほどな。でもおれたち冒険者を思ってクエストの内容を変えてくれたんだろ？　なら感謝こそすれ、怒るのはお門違いだよ」

　再びぽんぽん、と冒険者さんが僕の肩を叩く。

「おまえのやってることは間違っちゃいない。いいことだ。少なくとも、おれはおまえの仕事を認めるよ。あんがとな、坊主」

「……は、はい……こ、ちらこそ……ありがとう、ございました」

　冒険者さんは笑顔で手を振って離れていく。

　よかった……いい人で。

「キルト君っ、だいじょうぶー⁉」

　どどっ、と休憩室からリザ先輩が走って出てくる。

「カウンターでからまれてるって聞いてすっとんできたよー！　誰でぇい！　あたしの大事な後輩君をいじめるやつはぁ！」

　さっきの僕と冒険者さんとのやりとりを見て、周りが悪く解釈したみたいだ。

　僕はその場で起きたことをちゃんと説明する。

「よかったぁ～……トラブルじゃなくて何よりだっ」

「……せん、ぱい。心配、してくれた、んです？」

「もっちろん！　可愛い後輩がいじめられてたら、黙って見てられないよっ。これからもこわーいお客が来たらすーぐにあたしに知らせるんだよっ……って、泣いてる!?　どうしたの!?」


定時で上がった僕は、掃除をしてギルド職員宿舎へと帰ってきた。

「うむ！　おかえりなさいだぞ、キルト殿！」

「……コーネリア、さん。ただい、ま」

赤い髪の騎士さんが、僕を笑顔で出迎えてくれる。

今日は仕事が早く終わったらしく、先に帰ってきていたらしい。

「キルト殿……もしかして、また人知れずモンスターを倒してきたのではないか？」

コーネリアさんがすぐに僕の行動に気づいた。

「……ど、うして……？」

確かに僕は、家に帰る前に南の森へ行って、亜種の犬人を片付けてきた。

「ほんの少し帰りが遅かったからな。何かしていたのではないかと思って」

掃除——犬人退治のため十分くらい帰りが遅れた。

それだけで気付くなんて……すごい。

「まあ君の帰る時間はいつもとても正確だからな。少し遅くなっただけで何かあったのだとわかるよ」

「……そう、なんだ」

あまり意識してなかったけどね。

「しかしそうか……やはり君はいい人だな」

コーネリアさんが笑顔で褒めてくれる。

「我々冒険者が仕事をしやすいように、厄介なモンスターを狩ってくれているのだろう？　ありがとう」

屈託のない笑顔を見ていると……僕は嬉しくなると同時に、申し訳なくなる。

「……ち、がうよ。僕は……定時で、帰るために……自分のために、倒してるん、だ」

「そうかな。まあ確かにそういう個人的な都合による行動だと君が言うのなら、それは否定しない。でも結果的に我々の身の安全を守ってくれていることには変わりない」

ぽんっ、とコーネリアさんが僕の肩を叩く。

「そもそも、君が定時で帰るのは、ニィナのためだろう？　いつだって君は人のために、隠れて敵を倒してくれている。それは立派なことだよ……って、どうしたのだ⁉　なぜ泣く⁉」

……ほんと、このギルドに来てから、いつも僕は泣いている気がする。

新しい職場で出会った、ギルマスや冒険者、そして、新しい友達。

みんな素晴らしい人たちだ。

僕の頑張りを認めてくれる、褒めてくれる……本当に、いい人。

前のギルドでは、一切褒められたことがなかった。
ほんと……いいギルドに来たなぁって、心からそう思ったのだった。

24.　ギルド職員、壊れた橋をなおす

ある日のこと、僕はギルマスに呼び出された。

「おお、すまんキルトよ。仕事中に呼び立てて」

ギルマスのヘンリエッタさんが、机の前に座っている。

「……い、え。なに、か……用事、ですか？」

と、僕はそこで気付く。

「……ヤーデン、さん？」

「おっすキルト坊。元気しとるか？」

大商人のヤーデンさん。

ド派手なスーツにサングラス姿の……超賑やかな人だ。

ヤーデンさんはギルマスの机の前に立っている。

「……はい、おかげ、さまで。ところ、で……どうした、んです……か？」

「おう。実はなキルト坊。あんたに頼みたいことあんねん」

ヤーデンさんは懐から羊皮紙を取り出して、ギルマスの机の上に広げる。

ここの街の周辺一帯を示す地図だった。

「実は橋が流されてもーてな、困っとるんや」

「……橋？」

近くを流れる川にかかる、橋のようだ。

「ほら、こないだ大雨降ったやろ？　その影響で川の水が溢れかえったさかい、大橋がぶっ壊れてしもーてなぁ」

なるほど……川の増水で壊れた橋を直してほしい、って依頼か。

「しかしなヤーデン殿。ここは冒険者ギルドじゃよ？」

ヘンリエッタさんは困った様子で尋ねる。

「橋の工事なら、商工ギルドに相談するのが手っ取り早いと思うのじゃが……」

「そらま、そーやな。けどキルト坊に相談するのが、もっと手っ取り早いんや」

「は、はぁ……」

ヘンリエッタさんはよく理解していないようだった。

「報酬は弾むで。頼まれてくれるか？」

「……もちろん、です」

大事な天与の原石の、お得意さんだからね。

「本人がええって言うてるんやから、借りてもええやろ？」

「……しかし何かあったときに責任を取らねばならない。わしも同行しよう」

ヘンリエッタさんが立ち上がって上着を羽織る。

「大丈夫やって、慣れとるからなぁキルト坊？」

「だとしても！　増水している危険な川にうちの大事な職員を一人で派遣するわけにはいかんじゃろう！」

……ああ、ほんと、いい人だなぁヘンリエッタさんは……ぐすん。

「そらそーか。んじゃ三人で行こか。キルト坊、頼むで」

こうして、僕は橋を直すクエストを受けたのだった。


僕たちの暮らす街から、神翼馬（ペガサス）に乗ってすぐの場所。

遠くまで流れる川が今、数日前の豪雨によって増水していた。

濁った水がごうごうと音を立てながら、今もなおすごい勢いで流れていく。

橋を利用したい他の商人さんらしき人たちが立ち往生（おうじょう）していた。

「確かに橋が流されておるな……」

川向こうとこちらを結ぶ通路が半ばでなくなっている。

「迂回（うかい）するとなるとかなり遠回りぃなる。時間の浪費は商人にとっちゃかなりの痛手や。可及的速（すみ）やかに橋を直してほしいっちゅーわけ」

「うむ……しかしなヤーデン殿。橋を直すにしろ、この濁流をまずなんとかしないといけないぞ」

僕にもわかった。

たとえ橋を直したとしても、水の勢いが今のままなら、すぐまた流されてしまう。

「ほな頼むわ。人払いは任せとき」

「……了解、です」

ヤーデンさんは集まっていた商人さんに話をしている。

すぐに直るからと説得すると、商人さんたちは街へと戻っていく。

「キルトよ、大丈夫か？」

僕は崩れた橋の先端に立ち、濁った急流を見下ろす。

「……へっちゃら、です」

「しかしおぬしに何かあったら……わしは悲しいぞ」

ああほんと、いいギルマスだなぁ。

部下である僕を、心から心配してくれる。

そんな彼女のためにも、がんばるぞ。

「……いってき、ます」

「うむ……え？　いってきます？　どういう……って、おい⁉」

僕はとんっ、と飛び降りる。

「なっ⁉　なにをしてる⁉　川に飛び込むなど！　死ぬ気かぁ⁉」

「ちょっ！　嬢ちゃんやめーや！　大丈夫やから！」

ヤーデンさんがヘンリエッタさんを後ろから羽交い締めにする。

僕を助けようと、彼女も川に飛び込もうとしてくれたみたいだ。

僕は川の上にふわり……と降り立つ。

僕と川面の間には空気の足場が召喚されている。

「……召喚」

「召喚術？　一体何を召喚……って、えええええ!?」

ヘンリエッタさんが目の前の光景に驚愕している。

「か、川の水が……消えたじゃとぉおおおおおお!?」

先ほどまで溢れんばかりに流れていた川の水が、一滴残らず消えたのだ。

「な、何が起きてるのじゃっ!?」

「……川、の水……向こうに、送りました」

「む、向こう……とは？」

「……向こう、です」

僕がしたことは単純だ。

溢れかえった川の水に触れて契約し、水をまるごと冥界へと飛ばしたのだ。

「信じられん……あれだけ大量にあった水を全て消し飛ばすなんて……」

「さすがやなぁキルト坊！　あとは頼むで！」

僕は頷いて川底の地面に触れて召喚術を使う。

壊れてしまった橋の残骸が消えて、代わりに新しい大きな橋ができる。

「なんじゃこりゃぁあああああ⁉」

ヘンリエッタさんがまたも驚愕の表情を浮かべる。

「は、は、橋が！　新しい橋が一瞬で⁉　どうなっとるのじゃ⁉」

僕はヘンリエッタさんのもとへとジャンプして戻る。

「……召喚術、の応用、です。素材……レンガ、喚び出します。目の前に、顕現する前……喚び出す過程、で……組み立てます。あとは、完成させたもの、置くだけ」

僕の力は無から有を作り出すのではない。

すでに存在するものをどこかから喚び出すだけだ。

けどただ出すんじゃなくて、こういう加工をして提供するというやりかたもある。

「そんなの、もう……創造魔法ではないか……神の魔法じゃぞ、それ……」

へたり込むヘンリエッタさんをよそに、僕は仕上げといく。

「……召喚【水精霊ウンディーネ】」

水でできた女性が出現。

彼女が手を広げると、大気中の水分が凝結されて、大量の水が放出される。

川の勢いは雨が降る前のものとなっている。

緩やかに綺麗な水が流れていた。

「……おわり、です」

「おお！　完璧や！　橋も直って、川の水も元通り！　いやぁ、さすがやでキルト坊！」

ばしばし、とヤーデンさんが笑顔で僕の背中を叩く。

「最初からウンディーネ出して川の水を抜くとかできんかったのか？」

「……ウンディーネ、泥水、嫌い……なんです」

清らかな湖に住む精霊だから、濁った水には触れたくないのである。

「なるほどなぁ……ま、これで一件落着や！　ほんまおおきに！」

「……お、役にたてたなら、光栄、です……」

人のために仕事するのって、気持ちがいいなぁ……。

「ん？　どないしたんお嬢ちゃん」

「……ヘンリエッタ、さん？」

彼女は唖然とした表情で元通りになった川と橋を見ている。

「……いや、あの……え？　なんで……そんな平然としておるんじゃ、二人とも？」

え？　と僕らは逆に首をかしげる。

「これくらいキルト坊、朝飯前やで、なぁ？」

何度か同じようなケースで、ヤーデンさんにかり出されたことがあったからね。

別にこれくらい……魔神を相手に戦うより楽である。

「いやおかしい！　これはおかしいぞキルトぉおおお！」

ヘンリエッタさんが僕の肩を摑んでがくんがくんと揺さ振ってくる。

「……お、おかしい？　僕の……仕事、だめ、でした？」

「いやそうじゃなくって！　すごすぎるって意味じゃよぉおおおおお！」

ヘンリエッタさんの悲鳴が、よく晴れた青い空のもと、響き渡ったのだった。

25. ギルド職員、妹との休暇のため残業を片付ける

ある日のこと。

僕は午後の業務をこなしながら、うきうきしていた。

「どうしたのキルトくん、そんな楽しそうにしてー？」

隣のカウンターで事務処理をしていた、ロリで巨乳なリザ先輩が不思議そうな顔で聞いてくる。

「……明日、お休み……取りました」

ギルド【天与の原石】は週休二日制。

休みの前の日に有休を取ることで、三連休にできるのだっ！

前の【落日の獅子】では、そもそも有休なんてほとんど取らせてもらえなかったし、こういう連休にするような取り方は言語道断！　という空気だった。

「なるほどっ。どっかでかけるのー？」

「……は、い。海……行きます。みんなで」

「海かー！　いいなぁ～。あたしも泳ぎたーい」

先輩がクロールの構えをする。

「前……妹と旅行、行けません、でした。お休み、そもそも……なかったし。だから……楽しみ、です。僕も」

ここではギルマスのヘンリエッタさんから、有休を惜しみなく使うようにと直々にお達しが出ている。

他のギルド職員さんも結構頻繁に休みを取っている。本当にこの職場は休みを取りやすい。

「そっかそっか。というか、今日はもう上がっていいんじゃない？　今ちょうどギルドも暇だし～」

お昼のピークを過ぎたからか、ギルドホール内はがらんとしている。

他のカウンターの職員さんたちも、手を動かしながら談笑しているほどだ。

前のギルドじゃ絶対に許されなかった。

「……いい、んですか？　急に……早退なんて、しちゃって」

「いーのいーの。半休使っちゃえ！　明日の旅行の準備があるんでしょ？」

「……で、でも、事務処理、まだ、あります」

「それくらいあたしがやっとくよー。ほらほら帰った帰った。ニィナちゃん喜ぶよー、きっと！」

先輩が笑顔で言う。本当にいい先輩だ。なんてすばらしいギルドなんだろう！

「……じゃ、あ……お言葉、甘えて」

僕は書類を先輩に引き継ぐ。

半休取ることをギルマスのヘンリエッタさんに報告しに行く。

「そうか。いいじゃないか」

あっさりギルマスからの了承を得られた。

「楽しんでくるがよい。久しぶりの旅行、きっとニィナも喜ぶ。よい思い出にしてあげるのじゃぞ？」

「……はいっ」

ギルマスもまた部下が突然早退することに対して、別に口を挟んでこない。これが、普通なのかなぁ。

まあいいことには変わりない！

よし、帰って旅行の準備だっ。

「どこへ行くのじゃ？」

「……お隣の国、ネログーマ、です」

「おお、あそこは海が綺麗で有名だからな。夏にぴったりじゃろうて。それに観光スポットがあちこちにあるからの」

旅行資金は、こないだのヤーデンさんの飛び入り仕事の臨時収入で、十分に賄えてしまう。

ちなみにそれ以外の収入は全部、貯金していた。僕に何があるかわからないからね。黒銀の召喚士（冒険者）として活動しているから、いつ死んだとしてもおかしくない。

そうなったとき体の不自由なニィナが困らないように、無駄遣いせず全額貯金。

と、そのときだった。

「む？　何やら外の雲行きが怪しくなったの……？」

ゴロゴロ……と窓の外から聞こえる。空模様が一変し、あっという間に真っ暗になる。

ピカッ……！　と雷鳴がとどろくと、外で激しく雨が降りだした！

「……な、んで急に……大雨……？」

そんな……ニィナと海に行く予定だったのに！

雨降ったら、楽しみが半減しちゃうじゃないか！

「この雨……もしや……」

ヘンリエッタさんが窓の外を見て、睨みつける。

黄金の瞳がキラリと輝く。

コンコン……とドアがノックされる。

「た、大変だよぉギルマスー！」

「……リザ、先輩？」

先輩が血相を変えてギルマスの部屋へと転がり込んできた。

「今、ギルメンから連絡あったよ！　ダンジョンが新しく、出現したって！」

「……ダンジョン、だって」

最悪だ……なんてタイミングでダンジョンができてしまうんだっ！

せっかく明日から、ニィナたちと楽しい旅行だっていうのにっ。

「しかも……かなりの難易度じゃろう。おそらくボスは【麒麟(きりん)】」

「きりんってなんですかー？」

リザ先輩がヘンリエッタさんに尋(たず)ねる。

「伝説の魔獣じゃ。強力な雷の使い手で、天候すら操るという。古竜と同等……それ以上、SSランク＋(プラス)というところじゃな」

「え、SS＋って！　聞いたことないですよー！」

「それほどまでに強いということじゃ……」

なんで、ボスの正体がこの人、わかるんだろう。

できたばかりのダンジョンの、奥深くに棲(す)むモンスターのことを……。

「わしの持つ特別な目はな、多少遠くを見通すこともできるのじゃよ。さて……皆を集めよ。作戦会議じゃ」

「了解ー！」

バッ！　とリザ先輩が走り去っていく。

「キルトよ。おぬしは帰ってよいぞ？」

「…………え？」

予想外過ぎる答えに、僕は思わず声を上げてしまう。

「どうした？」

「……あ、え、だ、だって……仕事、忙しくなる、タイミング。僕……休んでなんか、いられないって」

「はは。何を言っておるのじゃ」

ヘンリエッタさんが微笑んで、僕の肩を叩く。

「おぬしは休みを取ったじゃろう?」

「……で、でも、ギ、ギルドが大変、なときに……休みなんて」

「いいのじゃ。現場のことは現場の人間が対処する。休むときにしっかり休むのも、職員の仕事じゃ」

このギルドも、ギルドマスターも……職員の皆さんも、みんな優しい。

僕に気を遣ってくれるし、僕を認めてくれる。

いい人たちだ。

そんな人たちが今、緊急事態に直面している。

それを……放っておけない。

みなさんが、忙しいときに……遊んでなんて、いられない!

でも、ニィナとの約束は譲れない。これは最優先事項だ。

ならば、どうする?

……簡単だ。

「どうした? なにするつもりじゃ?」

僕は冥界の魔本を出現させる。

窓際まで近づいて、分厚い雨雲に向かって召喚術を発動させる。

「……召喚。【炎の魔神】」

上空に炎でできた魔神が出現。

僕が命じると、雨雲に向かって巨大な火球を放り投げる。

じゅお……！　と一瞬で雨雲が消失した。

「なっ⁉　あ、あの嵐が一瞬で消えたじゃと⁉」

ヘンリエッタさんが驚愕の表情を浮かべる。

「……ギル、マス。半休、取り消し、ます」

「よ、よいのか？　せっかく休もうとしておったのに」

「……休み、は、取ります。明日、予定通り、休みます。明日の……旅行のために」

僕は魔本から黒いコートと、そして銀仮面を取り出す。

「……ボスを、倒してきます」

26. 麒麟、桁違いの化け物を前に降参

キルトが妹との旅行のため、ボスを倒すと決意した一方その頃。

新造ダンジョンの奥地では、一匹の魔獣がその場に佇んでいた。

名前を麒麟という。

一見すると一回り小ぶりな馬に見える。

だが青白い肌は、よく見ると高圧電流が常に流れていることがわかった。

雷雲を彷彿とさせる鬣と尾っぽ。

立って、ただ存在しているだけで周囲に雷を発生させている。

伝説の魔獣、麒麟。

いにしえに存在していた強力なモンスターが、なぜ今になって現れたのか。

ダンジョンには解明されてない謎が多い。

その一つに、大昔存在していたモンスターが急に呼び寄せられるということがある。

ボスは特にそうだ。新しいダンジョンだからといって、起源の浅いモンスターしか現れないということは決してないのだ。

麒麟は突如ダンジョンの奥地に呼ばれたことに戸惑う。

だが同時にニヤリと笑った。

この麒麟は、大昔勇者に殺されたモンスターである。

大きく成長し、巣穴から飛び出した瞬間勇者に狩り殺された。

暴れ回ることなく生命を閉じた……はずだった。

ゆえに第二の生を与えられた麒麟は、今度こそ大暴れしてやるつもりだった。

麒麟が興奮すると同時に雷雲を呼び寄せ、ダンジョンの外に大嵐を巻き起こす。

天候すら操る麒麟の力は、この時代において絶大なものであった。

麒麟は確信する。ここでなら、天下を取れると。

……だが、儚い野望であることを、瞬時に悟った。

「……いた」

いつの間にか、目の前に黒いコートを羽織った、銀仮面の男が立っていた。

かた……かたかたかたかた……。

麒麟は首をかしげる。地面が急に揺れだしたからだ。

断続的に、震えだす大地……地の底で？　いや、違う……！　と麒麟は即座に気づく。

自分の体が、震えているのだ。

なぜだ!?　どうして……？　と困惑する一方で、麒麟の体には汗がダラダラと止めどなく流れる。

がちがち……と歯の根が合わず、体の震えと寒気が止まらない。

「………」

目の前の男から発せられる破格なる魔力の波動。

それは冥界の魔力と呼ばれる、特別な力。キルトが彼の地で身につけた、強力無比の力。

冥界に潜む化け物と同様のオーラをキルトは無意識に醸し出していた。

ただ、常人ではその異常なまでの力の波動を感知できない。

麒麟という、圧倒的強者でなければ感じ取ることのできない感覚だ。

周波数が高すぎる音を、人間が聞き取れないのと同様に、ある一定のレベルに達していないと、キルトの高すぎる実力を測りきれない。

……麒麟は即座に悟った。

こいつは……ヤバいと。

「……大人しく、降参、して？」

銀仮面の向こうに、憤怒の形相があるのを麒麟は感じ取った。

……こいつは勇者だ！

麒麟はそう勘違いいいした。

「……邪魔すると、殺す」

やはりそうだ。人間たちの平和を邪魔するというのなら、殺す。彼はそう言っているのだ！

いにしえの勇者と、目の前の黒衣の少年の姿が重なる。

見た目はまるで違う。だが彼が持つ魂の輝きは同じだ。

すなわち、人間を守るために強大な力を振るう……戦士の魂をこやつは持っている！

こいつと戦うのは危険だ、と麒麟は思った。

だが……逃げなかった。

二度も人間のような下等生物になんぞ、負けてたまるものかと、意地を張ったのだ。

「くぉおおおおおおおおん！」

それは狐（きつね）とも犬とも違った、不思議な獣の鳴き声。麒麟の叫び声だ。

びりびりと空気が震動すると同時に、周囲に激しい電流が迸（ほとばし）る。

それは音を立てながら地面と壁を破壊していく。

広範囲に雷撃。破壊不可能とされるダンジョンの構造物を容易（たやす）く粉砕するほどの威力。

光の速度でほとばしる高圧電流。

避けることなど不可能だ。

このホール全体に電流の檻（おり）を展開した。

中にいた麒麟以外を消し炭にするほどの威力を秘めていた。

だが……彼には通じなかった。

そんなバカな!?　麒麟は驚愕する。

「……終わり？」

伝説の魔獣の攻撃を受けて、なおも無傷。

やはり強者……だが、尻尾を巻いて逃げることなど、上位者としての矜持が許さない。

「くぉおおおおおおん！」

麒麟がまたも声を張り上げる。

雷光が瞬き、周囲に電流を発生させる。

それは無数のナイフとなって敵に降り注ぐ。

先ほどの雷撃は広範囲攻撃だったが、それゆえに威力が弱かった（麒麟基準で）。

だが今度のナイフは雷を凝縮して放つ。

範囲はしぼられるものの、貫通力、そして直撃した瞬間、超高圧の電流が流れる恐ろしいものだ。

降り注ぐ雷のナイフを前に……しかしキルトは動かない。

「……召喚領域、展開」

召喚領域。

彼の周辺に魔本のページが広がる。

地面に張り付いたページから透明なドームが広がる。

結界術だと当たりをつけた麒麟は勝ちを確信する。

雷のナイフは貫通力が段違いだ。ちんけなバリアなど貫通してみせる……。

だが、降り注ぐナイフの雨は、透明なドームに阻まれ、一つ残らず消えた。

……なんだ、こいつは？

麒麟はまたも驚愕し……そして、恐怖した。

麒麟を見て逃げない時点ですでにおかしい。この強大な魔力を、雷を見て、震え上がらないほうがおかしい。

そして……麒麟の放った雷の直撃を受けて……無傷なのは、異常事態過ぎた。

一歩、キルトが前に足を踏み出す。

一歩、麒麟が後退した。

……本能が叫んでいる、こいつと戦うべきではないと。

認められない、認められるはずがない……！　たかが人間ごときに、負けるはずがない！

麒麟は体に残った全魔力を一点に集中する。

空中に雷が集まっていき、一つの形を作る。

「……竜」

上空に出現したのは雷の竜だ。

見上げるほどの巨体。そして実体をともなうほどの密度を持った雷。

強靭な顎と巨大な牙を具える雷の竜が、キルトを見下ろす。

これを見れば怯えるだろう！

麒麟は歓喜する。自分の限界を超えて、ここまでの雷撃を放つことができるなんて、と。

だがキルトは動じない。

ただ静かに、怒りを発していた。

「……君に恨みはない。けど……」

キルトは魔本を開き、構えを取る。

「……邪魔するなら、容赦しないよ」

その瞬間、魔本のページが真っ黒に染まった。

空中にページが射出されていく。

黒い紙が空中で集まっていき、それは扉の形を作った。

「……上位召喚」

黒い扉が、開く。

その向こうから現れたのは……巨大な腕だった。

「【冥王の右腕】」

鳥の羽毛とも獣の毛皮ともつかない、毛むくじゃらな腕。

長く伸びた爪に、六本の指を持つ、異形の手。

冥王の右腕。それは、冥界に住む上位魔獣の体の一部を召喚したもの。

規格外の、大きさだ。

麒麟の作り出した巨大な雷の竜を、軽く凌駕している。

ボスの部屋は天井が見えないほどの高さを有する。

そこでなお、冥王の腕は窮屈そうだった。

雷の竜は、呆然と腕を見上げる。

「…………」

キルトは右腕を前に出す。

連動するように、冥王の右腕も動いた。

激しい動きはない。

ただゆっくりと、冥王の右手が開き……雷の竜を包み込んだ。

それだけだ。それだけで……全てが消えた。

冥王の右腕。包んだもの、触れたものを……あの世送りにする技。

雷の竜は、ダンジョンを破壊し尽くすほどの威力を秘めていた。

それが、音もなく、包まれて……消えたのだ。

ぱたん、とキルトが魔本を閉じる。

冥王の腕が消える。

辺りは静寂（せいじゃく）に包まれた。

麒麟、そして黒衣の召喚士のみが残される。

『ふっ……』

麒麟は、口の端（は）を吊り上げる。

そして……。

『ふぇえええええええええええええええええん！　怖いよぉおおおおおおおおおおおおおおおおおおおおお！』

……まるで幼子のように、大声で泣きだしたのだ。

『びっえええええええええええん！　なにこいつめっちゃ怖いぃいいいいいいいいいい！　人間じゃないいいいいいい！　化け物すぎるよ！　強すぎるんだよォオオオオオ！　ふわぁあああああああん！』

麒麟が泣きわめく様を見て、キルトは目を丸くする。

そうこの麒麟、生まれたばかりなのだ。つまり子ども……まだ精神的に未熟なのである。

『……きみ』

『ひぃいいい！　殺さないでぇえええええ！　食べてもおいしくないよぉおおおお！』

『……たべ、ないよ』

キルトが魔獣の言葉で会話している。

彼は召喚術を極めた結果、魔獣の言葉を使えるようになっているのだ。そうやって古竜ヴァイスとも会話している。

『……きみ。人間、襲わないって、約束できる？』

キルトからすれば、目の前にいるのはただの邪魔者でしかない。

だが子どもを殺す趣味は彼にはない。

『はい！　します！　約束します！　あなたの舎弟になります……いえ、舎弟にしてくださいっす！　勇者様！　だから殺さないでえええええええ！』

……かくして、麒麟はキルトの契約魔獣となった。

ボスは攻略され、ダンジョンは消滅したと……その知らせがヘンリエッタの耳に届くことになる。

27. ギルド職員、馬車を助ける

僕は麒麟を降した。これで心置きなく、妹とのバカンスを楽しめる！

僕は馬車に乗って、隣国ネログーマへと向かっていた。

夏の真っ昼間。

青々と生い茂る草原のなかを、僕らを乗せた馬車が走っている。

「わぁ！　兄さん速い速ーい！」

窓からニィナが顔を出して言う。

車窓からの景色はもの凄い勢いで流れていた。

それもそのはず……。

「きりんさん、速いねー！」

『そっすかー！　お嬢！　よーし！　もっとはりきっちゃうっすよー！』

この馬車を引いているのは、麒麟だ。

なぜか知らないが僕は、このモンスターにとても気に入られてしまったのだ。

一応召喚獣としての契約は交わした。

用事があるときだけ喚び出そうと思ったんだけど……。

ヴァイス同様、召喚主である僕の意向を無視して、勝手に召喚されるのだ。

麒麟は今回の旅の馬役を自ら買って出た次第。

ちなみに召喚獣は契約主、つまり僕の言葉で他の人と意思疎通できるようになる。

『主よ、新しい従者、問題あるのではないか？』

ニィナの膝の上に、子竜状態のヴァイスが座っている。

最近妹のクッション代わりを務めることが多い。デフォルメされ、ぷにぷにしたボディがニィナに気に入られたのだ。

『おらおらぁ！　どけどけっすぅ！　兄貴たちのお通りじゃあ！』

麒麟は凄まじい速さで走っている。

麒麟の持つ魔法かスキルの影響だろうか。

問題はこのモンスターが走るたびに青白い雷光と爆音を放つこと。

「りんりんちゃんすごい！　とぉっても速いんだねー！」

『ははー！　ありがたきお言葉っすー！　よぉし、もっと速く走るっすぅ！』

ばりばりばり！　と雷鳴を轟かせ、しかも麒麟自体も大声でしゃべるので……非常にうるさい。

「……もっと、静かな旅、したかったのに」

まあでもニィナが楽しそうなのでいいか。

ちなみにコーネリアさんとチーナさんは、早々にダウンしていた。

馬車の座席に横たわってグッタリしている。

『あの駄馬のせいで揺れるからな』

駄馬とは、たぶん麒麟のこと。

うん……ぴったりのネーミングだ。

僕がゆっくり走れって言っても、調子に乗って速度を落とさないし。

『しかし我が主よ、お前様は平気そうだな』

「……う、ん。冥界……での修行に、比べたら……ね？」

『どんだけ大変だったのだよ……冥界の修行……』

思い出すだけでも震え上がる。ガーネット師匠は、スパルタだったからなぁ。

と、そのときだった。

「！　……麒麟、止まって」

『え!?　なんすかー！　なんでっすかー！　兄貴たちを超特急でお届けしたいんすけどっ』

「……止ま、れ」

『ひぃ！　はいっすー！』

麒麟が減速していき、馬車が止まる。

「どうしたの、兄さん？」

ニィナが不思議そうな顔を僕に向けてくる。

「……ちょっと、トイレ」

『なるほど！　って、あれ？　ならおトイレのある街に寄ったほうがいいんじゃ……？』

「……ちょっと、黙って」

『了解っすぅう！　お口チャーック！』

僕は馬車を降りて、窓からこちらを見ているニィナに手を振る。

「……待ってて、ね」

「うんっ。兄さん、早く帰ってきてねー！」

笑顔で手を振るニィナ。

たぶん……気づいてない、よな？

『立ちションっすか！』

「……黙って、ついてきて」

僕は麒麟を馬車から切り離す。

ひらり、とその上に乗る。

「……行って。急ぎで」

『りょーかいっす！』

僕が指さす方へ麒麟が全速力で走る。

ニィナたちを引っ張ってないので、さっきよりも速く走れる。

『ところでどこ向かってるんすか？』

「……この先、盗賊、が馬車……襲ってる」

先行させていた鳥の召喚獣の目を通して察知したのだ。

神速の足を持つ麒麟で数分くらいのあたりだ。

現場からニィナたちのいるところまでは距離がある。

だから、彼女はまだ気づいていない。

『でもなんで兄貴が倒しに行くんすか？』

「……ニィナ、危ない目、遭わせたく……ないよ」

『うちの足なら一瞬で通り過ぎることもできるっすけど？』

「……ニィナ、優しい、から。助かる命……助けないと、心……痛める」

なるほど、と納得しているうちに麒麟は現場へと到着。

複数人の盗賊が馬車を包囲していた。

『自分が蹴散らすっす！　ふげっ！』

僕は麒麟の頭にチョップする。

「……道、壊す……気？」

相手は盗賊、つまり人間だ。

麒麟の雷じゃ手加減も何もないだろう。人を殺めたとなれば、ニィナとのバカンスを心から楽しめないじゃないか。

『んじゃどーするんすか？』

「……召喚領域、展開」

僕の隣に浮いていた魔本から、ページが吐き出される。

「ああん？　なんだこの紙……？」

盗賊たちの立っている場所に領域が展開される。

盗賊Aの背後に僕は一瞬で移動。

「なっ⁉　て、てめえいつの間に……！」

僕は盗賊Aの首の後ろに手刀を叩き込む。

「うぐうぅ……」

ドサリと倒れる盗賊A。

「なっ⁉　なんだてめえ！」「なにしやがった……⁉」

驚き戸惑（とまど）う盗賊たち……数は二〇人くらいかな。

「や、やっちまえ！」「相手はガキだビビることなんてねえ！」

いっせいに襲いかかってくる盗賊たち。

けれど僕は一瞬で消えて、彼らの急所に打撃を入れていく。

「がっ！」「うげっ！」「は、速すぎ！　うぐっ」「お、おちつ……げえぇ！」

どさり、と倒れ伏す盗賊たち。

『す、すげえ……たった数秒で、二〇人近くいた盗賊を素手で倒すなんて……さすが兄貴ー！』

ふぅ……と僕がため息をつく。

「ほぅ……少しは骨のあるガキがいるじゃあねえか」

上空からズンッ！　と音を立てて何かが降りてくる。

『な、なんすかこいつっ！　獅子人間すか⁉』

二足歩行するライオン、みたいな男が立っている。

「……たぶん、魔族」

『ま、魔族⁉　あの、かつて勇者が倒した魔王の手下⁉　根絶やしにされたんじゃなかったんすか⁉』

魔族の男がガハハ！　と笑う。

「ところがどっこい残党はまだこの世にいるんだよぉ！」

ライオンの魔族が凶暴な笑みを浮かべる。

どうやらこの盗賊のお仲間さんみたいだ。

「いいかよく聞け！　オレ様の名前は」

「……興味、ないよ」

僕は一瞬で間合いに入り込む。

「なっ⁉　て、てめえ！」

ライオンが気づいて右手の爪で攻撃してくる。

僕はその手を掴んで引き寄せ、勢いをつけた状態で肘鉄をミゾオチに叩き込む。

「ガハッ……！」

ひるんだ隙に、そのまま体当たり。

凄まじい速さですっ飛んでいく魔族。

「……伝承召喚【剣の魔神】」

距離を取ったところで、この間倒した剣の魔神の力を発動。

無数の大剣が雨あられと降り注いで、魔族の体を串刺しにした。

『うわぁ……すげ。魔族って魔王の手下で超強いってウワサだったのに、瞬殺っすか……』

「……冥界の、魔獣と比べたら……弱い、よ」

『いや比較対象がオカシイ！　てゅーか、兄貴は体術もすごいんすね！　速すぎて目で追えなかったす！』

「……あれ、は。召喚領域、使った、体術、だよ」

展開したフィールド内では、あらゆるものが召喚対象となる。

それすなわち、僕すらも召喚術の対象となるのだ。

よって僕は好きな場所に、一瞬で自分を召喚することができる。

つまり、高速移動が可能となるのだ。

『だからってこの強さは異常っすよ。召喚士って、フィジカル面に難があって、前に出て戦えないから、召喚獣に戦わせるんすから』

「……そう、だったんだ。知らなかった」

召喚術を教わったのはガーネット師匠だからね。

彼女がやっていることが、当たり前だと思っていたけど……そうじゃないみたい。

「……さて。終わった、し。戻、ろう」

と、そのときだった。

「やるじゃない、あんた！」

馬車のドアが開いて、そこには桃色の髪をツインテールにして、ドレスを着た幼女が立っていた。

「……だ、れ？」

「なっ！　このあたしを知らないなんて、どこの田舎者よあんたー！」

女の子は馬車から降りると、僕の前までやってくる。

「……ご、めんな、さい」

「ふん。まあいいわ。特別に許してあげる。……ふーん、見てくれもまあまあね。うん、決めたわ！」

女の子が、なんかどんどん話を進めていく。

「あんた、このあたしの従者にしてあげるわ。光栄に思いなさい！」

「……は？　え、だ、だれ……？」

女の子は腕を組んで、ふんぞり返って言う。

「あたしはアリカ！　【アリカ＝フォン＝マデューカス】！　マデューカス皇帝陛下の娘

……！」

……え？

て、帝国の、皇女様⁉

28. ギルド職員、皇女から熱烈スカウトされる

僕は道中、盗賊に襲われている皇女様を助けた。

『あたしの従者にしてあげる！』

……それに対して僕は、その場から、入れ替わりを使って逃げた。

話は一時間後。

僕は隣国ネログーマに到着していた。

「わぁ！　見て見て兄さん！　海だよ、広いよー！」

ギルマスが言っていた通り、海が綺麗な国だった。

ホテルにチェックインした僕らは、近くの浜辺へとやってきている。

白い砂浜、照りつける太陽、エメラルドグリーンの海……。

そして、妹ニィナの輝く笑顔。

「……最高、かな」

ニィナはフリル付きのセパレート水着を着ている。

足が不自由なので、車椅子に乗ったままだけど、楽しそうだ。

「キルト殿！」「だーりーん♡」

友達の騎士コーネリアさんと、エルフのチーナさんも水着に着替えている。

「ど、どうだっ？　私の水着は」

「……きれー、だよ」

コーネリアさんの赤いビキニと白い肌が眩しい。

うっすらと腹筋が割れてて、か、カッコいい……！

「ちーなのはどうですぅ～？」

「……でっかい、ね」

チーナさんはもう、なんというか……でかい。どこがとは言わないけど大きい。

水着からこぼれ落ちそうなくらい、お、大きい……！

「わぁ！　チーナさんもコーネリアさんも、かわいいっ！」

ニィナが二人を褒めると、嬉しそうに頭をなでる。

「兄さん！　泳ぎたーい！」

「……ま、任せて」

僕は召喚術を使って、水精霊ウンディーネを召喚する。

「……ニィナの、泳ぐの、手伝って」

ウンディーネはこくりと頷いて、ニィナの手を取って海へ向かう。

ふっ……と精霊が吐息をつくと、ニィナの体に青い光がまとわりつく。

魚のようにジャバジャバと速く泳げるようになっていた。

「チーナさん！　競争しよっ！」

「いいですよぅ！　泳ぎが得意なとこ見せて、だーりんにアピールですぅ！」

チーナさんも海に飛び込んで、じゃばばっ、と上手にクロールする。

……に、ニィナが友達と遊んでいるっ。うう……感無量だ。

「ところでキルト殿。先ほどの馬車でのことなんだが……何かしていたのだろう？」

コーネリアさんはどうやら、僕が盗賊を倒してきたことに気づいている様子だ。

「……なんでも、ないよ」

せっかくバカンスに来ているのに、余計な心配をさせたくなかった。だから、嘘をついた。

「……トイレ、だよ」

「本当か？」

「……ほんと、です」

じー、とコーネリアさんが僕に疑いのまなざしを向けてくる。

「わかった。君が言いたくないなら、そういうことにしておくよ」

よかった……深く追及されなくて。

「でもなキルト殿。なにかトラブルがあったときは、遠慮なく相談していいんだぞ？」

コーネリアさんは真剣な表情で僕を諭すように言う。

「私は君と、ニィナくんの味方だ」

「……み、かた」

「うむ。もっとわかりやすい言葉で言うなら……友達かな」

……コーネリアさんは頬を赤らめて、照れくさそうに頬をかきながら言う。

「まあそういうわけだから、いつでも喜んで君に力を貸すし、相談にも乗るよ。だから一人で抱え込まないでくれ」

……そんなこと、初めて言われた。

僕には今までずっとニィナとガーネットさんくらいしか、親しい人がいなかったから。

ニィナは守るべき庇護者だったし、師匠は冥界の魔女、おいそれと個人的な事情など相談できなかった。

前のギルドを追放されてできた……初めての友達。

「……コーネリア、さん。あり、がと」

「うむ！　それで、何があったのかね？」

実は……と答えようとしたそのときだ。

「み、見つけたわよー！」

……聞き覚えのある声が背後からした。

まさか……と思って振り返ると、ついさっき助けた、ピンク髪の女の子がいた。

「む？　なんだ、キルト殿。知り合いか？」

「……ちがい、ます」

ずんずんずん、と皇女……アリカちゃんが僕に近づいてくる。

後ろには帝国の騎士らしき男たちが、ぞろぞろとくっついてきた。

ま、マズい……非常にマズい予感がする……！

「あんたねっ。このあたしが誘ってあげたのに、逃げるなんてどういう了見よ！」

そう、この子に従者にならないか、と誘われたとき、僕は返事もせずに立ち去ったのだ。

「まあいいわ。あたしは器が大きいもの。それに転移魔法が使えるなんて、ますますあんたが欲しくなったじゃない！」

ビシッ、とアリカ皇女が僕に人差し指を突きつけてくる。

「このあたしのものになりなさい」

「……いや、です」

「なっ……！　い、いや……あんた今、嫌って言ったの？」

びきっ、と皇女の額に青筋が浮く。

うう……怖い……。

「まあまあお嬢さん、落ち着いて」

「あん？　なによあんた？」

「私はコーネリア。冒険者で、キルト殿の友人だ」

コーネリアさんが僕の前に立って庇ってくれる。た、頼もしい……！

「ふーん。あっそ。ちょっとどいてよそこ」

「断る。キルト殿が嫌がっている」

「はぁ？　そんなわけないでしょ？　皇女の従者になれるのよ？　ねえ、光栄でしょ？」

僕はブンブンと首を横に振る。

光栄なわけがない。皇女の従者だって？　ようするにボディガード兼、お世話係ってことでしょ？

今以上に忙しくなるし、休みだって全然取れなくなるじゃないか。

「ほら、嫌がってる」

「ぐぬ……！　な、なんで？　ねえ金なの？　お金なら望む給金をあげるわよ」

「……け、結構、です」

「なっ⁉　こ、ここまで譲歩してるっていうのに……まだ条件を吊り上げようってつもりなのっ？」

お金はあれば嬉しいけど、僕が欲しいのは安定と、妹と過ごす時間だ。

従者になったら命を狙われる皇女の盾（たて）にならないとだし、お世話をしなきゃいけなくなる。

大変……。

「強欲な男ねっ。嫌いじゃないわ！」

なんでだよっ。どうして好意的に解釈されるんだよっ。

「うちに来なさい、えっと……名前なんていうの？」

「キルト殿だ。悪いが彼には譲れないものがあるのでな」

「この皇女に仕えること以上に？」

「そういうことだ、悪いがお引き取り願おう」

うんうん、と僕はコーネリアさんの後ろで何度も頷く。

そう、帰ってほしい。僕は従者になんてなりたくないんだ。

「なるほど……あんた、そいつのことが好きなのね？」

「にゃっ⁉　にゃにを言ってるんにゃー！」

何を言いだすんだろうかこの人は……。

てゆーかコーネリアさん、なんでうろたえてるの？

「ほーらやっぱり。あんたが単にキルトを譲りたくないだけなんでしょ？」

「う、うう……そ、それは……そのぉー……」

コーネリアさんが耳を真っ赤にしてうつむく。え、何その反応……？

「まあいいわ。ならこうしましょう。そこの女もいっしょに帝国の騎士として雇ってあげる。これでどう？」

マデューカス帝国。

僕らのいる大陸において、最も勢力のある大帝国だ。

世間一般の人間にとって、その皇女に仕えることができれば、とても名誉なこと。一生の誇りとなるだろう。

「ほら、いい条件でしょう？」

「……で、でも……」

「なによ？」

僕は首を左右に振って、きちんと主張する。

「……ぼ、僕は、ぎ、ギルド……の職員、です。辞める気……は、ない……です」

僕を拾ってくれた、ヘンリエッタさん。僕に優しくしてくれる、天与の原石のみなさん。

あの人たちのもとを、離れる気は……ない。

「…………」

皇女様はうつむいて、ぷるぷると震えだす。

「……なんで」

「え？」

「なんでなんでなんでよぉーーーーーー！」

歯がみしてだんだんだん！　と地団駄を踏む。

「あたしのもんになれって言ってるのにぃ！　なんでならないのよー！　おかしいわよー！　わーーん！」

大声で泣きだすもんだから、周囲からメチャクチャ注目されてしまった。

「なんだ、どうした？」「あの子ってまさか皇女殿下？」「うっそ、まじか」「なんで泣いてるの？」

僕はオロオロしながら皇女様に言う。

「……な、泣かない……で？」

「じゃああんたうちに来なさいよお！」

「……それ、は、無理」

「うえええええええん！　来なさいよ来なさいよううちに来て働きなさいよぉーーーーー！」

「……お断り、します」

……その後、僕とお付きの騎士さんたちとで宥めて、なんとか泣きやんでもらったのだった。

29. ギルド職員、したくもないのに決闘する

妹たちと海に遊びに来ている。
その日の夜。
「……どうして、こうなった……?」
僕がいるのは、海辺のホテルの一室だ。
結構お高いホテルを予約することに成功……したはずだったんだけど。
ここまでは、いい。問題はこっからだ。
『わわっ、コーネリアさん！　お腹……すごい！　腹筋割れてるよー！』
『あまり見ないでくれ……は、はずかしい……』
『うう……うらやましーですぅ……引き締まったぼでー……』
僕の背後で、女子たちの声がするではないか。
この部屋にはシャワールームがある。
そこに……妹のニィナをはじめとした女子たちがいるのだ。
そう、僕と……相部屋になっているのだ。

『我が主よ』

「ヴァイス……」

子竜状態のヴァイスが、頭の上に乗っかる。

『我が散歩している間に、なんだかおかしな展開になっているな。なぜお前様は、女たちと同じ部屋にいるのだ？』

ヴァイスはさっき外に出ていたせいで、僕らの先ほどの一幕を知らないのだった。

「……ホテル、手違い。予約……一部屋だけ、だった……よ」

『なるほど……本当は二部屋頼んでいたのだが、一部屋だけしか取れてなかったと』

本当は僕が野宿か、他の宿を捜そうとしたんだけど、ニィナに『兄さんもいっしょがいい！』と言われてしまったのだ。

『断ってもよかったのではないか？』

「……お兄ちゃん、だから。それは、できない」

かっこつけて言ったつもりだった。

けど……ヴァイスはハァとため息をつく。

『大方、妹君から滅多におねだりなんてされないものだから、お願いされたことにうかれて、深く考えず了承したのだろう。それで、妹君以外の女子たちもいることに気づいたときにはもう手遅れと……』

……な、なぜ……ばれたし！

『わかりやすい妹バカだなお前様は……む？　来客のようだぞ？』

こんこん……。

「…………寝る」

『おい来客だぞ、いいのか？』

こんこん！

『我が出ようか？』

「……出なくて、いい」

どんどんどんどん！

『こらー！　いるんでしょあんたー！　ここにいるのはわかってるんだからねー！』

……外から皇女様の声がする。

『なるほど、あのしつこい女か。しかし、どうして来客の正体がわかったのだ？』

「……え？　わかる、でしょ？　ドアの向こうの、気配くらい？」

僕は床を指さす。

『これは召喚領域。なぜ戦闘中でもない今、領域を展開しているのだ？』

「……え？　寝込み、襲われないように、対策……する、でしょ？」

冥界での修行時代、魔獣に襲われることなんてザラだった。

だから寝るときは、いつでも対応できるように召喚領域を広げていた。

入ってきた敵をすぐに消し飛ばせるように。

『……いや、主よ。それはこの平和な地上においては不必要ではないか？』

「……で、も……そのおかげで、厄介な客……押しかけ、気づけた……よ？」

『いやそうだが……はぁ。お前様の召喚領域、それは召喚術の秘奥義なのだろう？　こんなささいなことに使うなんて……』

何を呆れてるのかわからないけど、まあどうでもよかった。

『あけなさーい！　あんたに用事があるのよー！』

「……ぼ、僕には、ないよ！」

あの皇女様は、僕を従者にしようという望みを捨てていないのだ。

従者なんて、まっぴらだ。

だってニィナとの時間が減っちゃうじゃないか。

『いやそんなアホな理由で……』

「………………」

『まてまて主よ、なぜ冥界の魔本を取り出す？　やめて殺さないでマジでごめんってば！』

謝ったので、許してあげた。

僕はひたすらに居留守を使う。

向こうが諦めるのを、待つ……！

召喚術で消すのは、さすがにできない。

無益な殺生はしたくない。ニィナに怒られる……。

しーん……。

やがて、扉を連打する音が止まった。

「……や、った。あきらめ、て、くれ……た？」

と、そのときだった。

『あにきー！』

ばーん！　と窓ガラスを割って、麒麟（きりん）が入ってきた。

『お客さん連れてきたっすよー！』

……麒麟の背中には、皇女様が仁王立ちしていた。

「……な、ぜ……連れてきた、し？」

僕は麒麟を睨（にら）みつけて言う。

この子は目立つから、外に出していたのが仇（あだ）になった……。

『え、だってあにきの知り合いだって言うし……』

人を、疑え……！

「やっと捕まった……ふふ、さて連れて帰るわよ」

怖い顔をして皇女様が近づいてくる。

「さぁ！　来なさい！　あんたをあたしが使ってあげるわ！　光栄に思いなさい！」

「……いや、です」

「欲しいものは全てあんたにあげるわ！　皇女の権力を使ってね！　さぁ！　欲しいものを述

べるのよ！　用意してあげるから」

「……拒否権が、欲しいです……」

「従者にそんなものはない！」

理不尽（りふじん）の塊（かたまり）すぎる……！

ああもう、嫌すぎるよ……早く帰ってくれないかな。

『主よ、どうする？　この女、追い返してもまたしつこくやってくるぞ。旅行中も』

「…………！」

それは困った。

妹との旅行を……邪魔するやつは、僕が許さない。

『待て待て消すなよ』

「……じゃ、どうす、れば？」

と、そのときである。

「……ヴァイス、飛べ」

『え？』

僕は壁から離れるようにジャンプする。

さっきまで立っていた場所に、無数の真空の刃（やいば）が襲いかかる。

『ぎゃー！』

刃は古竜を一瞬でズタズタのバラバラにする。

その刃のひとつが僕に向かって追尾してきた。

だが僕の体に触れる前に、召喚領域内では、敵の攻撃を自在に消したり、どこかに飛ばしたりできるのだ。

召喚術を使って事なきを得る。

「お嬢様！　ご無事でありますかー！」

壊れた壁の向こうに、黄金の甲冑に身を包んだ大女が立っていた。

身長二メートルくらい……かな。

巨人族……だろうか。

「【ディカプリア】！」

憤怒の表情で立っている女騎士は、ディカプリアというらしい……。

彼女は、ずんずんとこちらに向かってやってくる。

「お嬢さまから離れろ、魔族め……！」

……なんて？　僕が……魔族？

敵意剥き出しだし……え、なんで？　どういうこと？

「……ひと、ちがい、です。僕は、魔族……じゃ、ないよ」

「嘘つくな！　わが必殺の【真空千刃斬】を受けて無事な人間がいるものか！　古竜すら一撃でズタズタに引き裂くほどの威力の攻撃だぞ！」

「……そう、だね」

実際に古竜のヴァイスは、ディカプリアの攻撃を受けて、バラバラになっていた。

なるほど……かなりの剣の使い手と見受けられる。

『冷静に分析してる場合か！　逃げろ主よ！　こやつ……かなり強いぞ！』

確かにそのようだ。

まあでも、別に怖いとは、思わない。

冥界の魔獣と比べればこんなの可愛いものだ。

しかし……誤解を解かないと、まずいな。

「……き、いて……僕、人間、だよ。ほんと、だよ？」

「そ、そうよディカプリア。魔族なわけないじゃない、ねえ？」

「む……お嬢様がそう言うのなら……」

と、剣を納めかけるが……。

「！　バカな……！　古竜が、再生してるだと⁉」

ヴァイスが最悪のタイミングで、復活していた。

「あ、ありえん……我が秘剣は古竜の細胞を死滅させる。再生は不可能なのに……なぜ⁉」

てゆーか、この人ヴァイスを古竜だと認識していたのか。

『冥界の魔力の影響だろうな。お前様の魔力は魔獣の力を引き上げる……が、すまん、最悪のタイミングで力を見せてしまったな』

……ほんとだよ！

「やはり……魔族。古竜を従え、謎の魔力を持ち、さらに必殺の刃を避けてみせた！　そんな人間がいるものか？」

「……いや、います、けど、ここ……に？」

「貴様のような者が人間なわけがない！　お嬢様、お下がりください、こやつは殺します……！」

ディカプリアは僕に剣の切っ先を向けてくる。

「ひっ……！」

『さすがの主もこの剣鬼のような女にはびびるか』

『また人間の相手！　めんどくさい！　モンスターと違って消し飛ばせないし！』

はぁ、と僕はため息をつく。

『主よ？　お前様、もしかして阿呆なのか……？』

そこへ、皇女様がまた最悪の提案をする。

「そうだわ！　キルト、あんたディカプリアと決闘しなさい！」

「……け、決闘⁉」

なんでそうなるの⁉

あ、も、もしかして……決闘して勝てば、皇女の従者になれという要求を、取り下げてくれるのかなっ。

「こいつは帝国最強の騎士よ。あたしの従者になるなら、こいつに勝てるくらいじゃないとだからね！」

前言撤回、取り下げてくれないみたい！

ただの興味本位で戦わせたいみたいだ、この人ー！

「ディカプリア、あんたキルトと戦いなさい。あたしを魔族から守ってよ」

「了解です、お嬢様！　さぁ戦え、魔族よ！」

……ああ、もう。

どうして、僕の……休暇の邪魔をするんだ。

と、そのときだった。

「兄さん、お風呂あがったー……」

妹がドアを開けて出てこようとする。

僕はその瞬間、

「なっ⁉　は、はや……」

転移してディカプリアの懐に潜り込む。

「……邪魔、出てけ！」

その転移のスピードを乗せた拳でディカプリアの腹にパンチを食らわす。

「うぎゃぁああああああああ！」

音速でデカ女は、壁をぶち抜いて吹っ飛んでいった。

「う、うそ……帝国最強騎士を、一撃で……？」

続いて、しゅんっ、と皇女様の姿が消える。

がちゃん、とドアが開いて、ニィナが風呂から出てきた。

「あれ、兄さん？　どうしたの？」

タオルで髪の毛を拭きながら、ニィナが不思議そうに僕を見上げる。

「……なんでも、ないよ」

『いやなんでもないって……この部屋の惨状を見れば嫌でも異常を……って、直ってる⁉　なぜ⁉』

そう、壊れた壁も窓も、一瞬で僕が召喚術で直したのだ。

壊れた壁を、消して、直した状態のものを召喚しただけだ。

『いやだからそれ創造魔法だから……神の魔法だから……』

『うちのあにきはさすがっすー！　すげえっすー！』

皇女様もデカ女のもとへ送っておいた。

殺したわけじゃあない。

戦いのあった痕跡を、完全に消した。

皇女も、最強とかいっていた自慢の騎士が倒されれば、さすがにもう諦めるだろう。

一件落着だ、よかった！

30. 帝国騎士、大群を率いるが恐れおののき撤退

キルトたちが海でのバカンスを楽しんでいる、一方その頃。

マデューカス帝国より、大量の騎士が、キルトの滞在している街を目指していた。

「ゆくぞものども！　皇女さまの顔に泥を塗ったあの魔族を、討伐するのだ！」

騎士団を率いているのは、巨人族の女ディカプリア。

彼女は先日、皇女アリカとともにキルトのもとを訪れた。

その際ディカプリアはキルトのことを、魔族と勘違いしていたのだ。

決闘を申し込むが、圧倒的な力の差で敗北した次第。

『やめなさい！　そこまでする必要はないわ！』

皇女であるアリカは、懸命に引き留めた。

『あたしもちょっと強引だったし、悪かったと思ってるもの』

『なりません！　あの化け物は帝国の姫君に恥をかかせたのです！　度し難い非礼……即座に抹殺せねばなりませぬ！』

『いや、だからそんなの必要ないんだってば！　やめてってばもー！』

だが結局皇女の制止を振り切り、ディカプリアは出陣した。

帝国の精鋭騎士たち、総勢一万。

みな練度が高く、大陸最強の誉(ほま)れ高き優秀な強者(つわもの)たちだ。

彼らにはやる気が充満している。

なぜなら騎士たちは忠誠心が強く、皇帝の娘が侮辱された（尾ひれがついた）となれば、みな本気でその魔族とやらを殺す所存だった。

「街が見えてきたぞ！」

ディカプリアをはじめとする騎士たちは、街を望む草原に馬を止める。

「あそこに姫様を傷つけた黒髪の魔族がいる！　みな、私に続け！」

「「応(おう)ッ！」」

……街の住人に罪はないのに、一万もの騎士が攻め入れば大混乱になる。

そんな簡単なことさえも、怒りに支配された騎士たちの念頭にはなかった。

……そして、こんな大勢で押し寄せたら、あのキルト・インヴォークがどういう反応をするか、ということも。

「総員、突撃！」

そのときだった。

「ディカプリア隊長！　上空に敵影あり！」

「むっ！　出たな……黒髪の魔族！」

上空に浮いているのは、黒いコートを羽織り、銀の仮面をつけたキルト本人だった。

彼は大軍が街に迫ってくるのを、召喚獣を使って察知していたのだ。

面倒ごとを避ける目的で、素性を隠すための仮面を装着している。

……それが完全に裏目に出てしまった。

「魔族が現れたぞぉ！」

人間の見た目であれば、多少は対話の余地も残されていただろうが。

しかし仮面で顔を隠したことで、騎士たちの闘争心をさらに煽ってしまった。

「弓兵、前へ！」

弓を持った騎士たちが前に並ぶ。

その数は三〇〇〇。

「放てぇ！」

騎士たちが矢を放つ。

逃げ場のない矢衾となって、黒髪の魔族に襲いかかる。

スキルの補正、魔法の付与があるため、矢の一本だけでもかなりの殺傷力を持つ。

だがキルトは上空から一歩も動かなかった。

彼に突き立つはずの大量の矢は、しかし一瞬で消え去ったのである。

「なっ⁉　矢が消えただとぉ⁉」

ディカプリアをはじめとした、騎士たちがみな驚愕の表情を浮かべる。

「い、いったいどこに……ぎゃー！」

「どうしたぁ⁉」

ディカプリアが部下のほうを見やる。

太ももに矢が刺さった弓兵たちが寝転がっていた。

「矢が！　矢が突然太ももに……！」

「なんだとぉ⁉」

キルトがやったのは、降ってきた矢を召喚領域で強制契約。

しかるのち、領域内にいる弓兵に矢をそのまま返しただけだ。

「ナニをされたのかまったくわからん……！」

「さすが魔族……！」

「くそっ！　化け物め！」

とはいえキルトには、人間を殺す意思はない。

だから致命傷は与えず、軽傷に留(とど)まる程度に抑えていた。

……だがキルトの神業(かみわざ)は、彼が魔族であると、騎士たちにさらに思い込ませる結果となる。

「総員抜剣(ばっけん)！　飛び道具は使うな！」

「し、しかしあの高さでは……」

「黙れ！　ゆくぞ！　うぉおおおお！」

ディカプリアが決死の覚悟を決めた表情で突っ込んでくる。

もはや完全に、魔族に立ち向かう正義の騎士状態だ。

帝国騎士たちも頷く。

「姫様のために戦うぞ！」

「帝国万歳！」

「うおおおおお！　おれは、命を捨てるぞぉおおおおお！」

……もはや完全に悪VS正義の図式が完成していた。

さて、一方でキルトはというと……。

「……もう、いい加減にしてよ」

彼は彼で、ブチ切れていた。

「……今日は、旅行の最終日、なんだよ……！」

妹との楽しい旅行になるはずの、この三日間。

帝国関係者のせいで、何度も邪魔されてきた。

妹は楽しそうにしてくれたが……。

「……今日、は！　ダイビング……予定、だったんだ、よ……！」

いまネログーマでは、魔法で空気の泡を作り、海底に潜るダイビングというアクティビティーが流行っていた。

ニィナたちと、そのダイビングを楽しむ予定だったのである。

……しかし直前になって帝国騎士たちの襲撃に見舞われた。

結果、キルトはそれに対処するために、ダイビングを中止せざるをえなかったのである。

ちなみに、最初はキルトだけが、お腹痛いからと理由をつけて抜けることにしようとした。

だが優しいニィナは、じゃあ自分もやめると言って、結果、全員がダイビングをキャンセルしたのである。

「……妹、に、迷惑……かけただけ、じゃなくて、気まで……遣わせて。僕は……僕は……僕は……！」

キルトは冥界の魔本を開く。

「……許さない、よぉ！」

その瞬間、巨大な魔法陣が上空に展開。

そこから降りてきたのは……。

「て、て、天使だぁあああああ!?」

なんと無数の天使たちが、キルトの周りに出現したのである。

その数は驚くべきことに、五〇万。

五〇倍以上の戦力差を見せつけられ、騎士たちは唖然呆然とする。

「て、天使様が……あんなにも」

みな、完全に戦意を喪失し、武器を捨てて崩れ落ちる。

天使の軍勢を率いる魔族の出現を前に……。

「「うわぁああああああああああ！」」

帝国の精鋭たちは、ディカプリアを含めて、泣いて逃げ出したのである。

「だめだ！　あの黒い魔族は……手を出しちゃいない化け物だったんだぁアアアアアアアアアアアアア！」

……かくして、キルトの怒りによって、帝国騎士は敗北。

この知らせは瞬く間に広がっていく。

尋常ならざる力を持った……黒衣の魔族のウワサが……。

31. 魔族、大魔族のウワサを聴いて接触する

キルトたちが夏のバカンスを終えようとしていた、一方その頃。

ここに一人の魔族がいた。

【プルシュカ】という、淫魔（サキュバス）の少女だ。

彼女は魔族ではあるが、人に害を加える気はなかった。

たまに男の人に淫（みだ）らな夢を見せ、精気を食料としていただいているだけだった。

キルトが滞在していた街から、少し離れた宿場町にて。

「プルシュカ、いるか？」

「ああ、ティガーじゃない」

バーでウェイトレスとして働いているプルシュカ。

彼女のもとを訪れたのは、虎の魔族【ガーディ・ティガー】。

ティガーはボロ布をまとって、人に魔族だとバレないような格好をしている。

「ちょっと人目があるときに来ないでよ。魔族だってバレたらどうすんのよ？」

プルシュカ。

長い紫の髪に、豊満なバスト。

今の彼女は、角や羽を魔法で隠している。

一見するとただの妖艶な美少女だ。

一方でティガーはまんま異形の存在そのものだ。

「あたしは平穏に暮らしたいんだから、正体がバレるようなリスクは負いたくないの。さっさと出てって」

しっし、とプルシュカが手を払う。

「昔なじみのおまえだから誘ってやるんだよ、このビッグなチャンスに」

「はぁ？　チャンス？　何言ってるのよあんた？」

「まあ聞け。……魔王様がな、復活なさったぞ」

ぴくっ、とプルシュカが体を硬直させる。

「……どういうこと？」

二人は声を潜めて会話する。

「ネログーマのエヴァシマって街知ってるだろ？」

「ああ、あの観光地ね。海で有名な」

言うまでもなく、先日までキルトが妹たちと滞在していた街である。

そして帝国の騎士を追い払った現場。

「そこを根城にしている、おれらと同じような潜伏魔族が見たんだ。……強大な力を操る、黒衣の魔族の姿を……！」

ティガーは野心でギラついた目をしている。

一方でプルシュカは冷めた、そして疑いのまなざしを向ける。

「バカみたい。それが魔王だっていうの？」

「そう！　見たんだよ、帝国の大軍勢を、そいつは追い払ったんだ！　たった一人でだぞ⁉」

「夢でも見てたんじゃあないの？」

そう考えるのが自然である。

サキュバスの少女は呆れたようにため息をついた。

一方でティガーにとっては違った。もっと切実で、真剣だった。

「なあプルシュカ。魔王が勇者に倒され、おれたち魔族は肩身の狭い思いをしている。だからもう一花咲かせたいって、そう考えるのは駄目なのか？」

ふんっ、とプルシュカは鼻を鳴らす。

「駄目に決まってるでしょ。あたしらは負けたのよ。この世界は人間様の世界。魔族は悪。仮に表に出たとしても、すぐにまた勇者が現れて退治されちゃうわよ。数だって圧倒的に負けてるんだから」

それに、とプルシュカが続ける。

「その黒衣の男が、魔族じゃない可能性だってあるでしょ？」

まさにその通りだった。

帝国の騎士一万を追い払ったのは、魔族ではなく人間、キルト・イヴォークだ。

プルシュカにも確信があったわけじゃない。

ただ、人間の中には、強い者がいることを彼女は知っている。

なぜなら……

「魔王四天王だったおまえが！　なんでそんな乗り気じゃないんだよ……！」

そう、このサキュバスは、かつて魔王に最も信頼されていた側近の一人だったのだ。

魔王四天王。魔族の中でも、特に強大な力を持つ四人のうちの一人。

ちなみにだがガーディ・ティガーはその副官だった。

「いい加減目を覚ましなさいよ。男ってホントにバカばっかよね」

すでに興味を失っているプルシュカは、爪をヤスリで研ぐ。

ティガーはその態度が気に入らず、チッ……！　と舌打ちをする。

「バカはそっちだろ！」

だんっ！　と強くバーカウンターのテーブルを叩く。

それは、いかにも店中からの注目を浴びそうな行為だったが、しかしすでにプルシュカは、周りの人間の認識を阻害する魔法を展開していた。

相手からこちらの存在を気づけなくする高等な魔法であり、それを詠唱なしで、彼女は展開していたのだ。

事もなさげに、誰にも気づかれることなく。

「とにかく、あたしはそんなあやふやな情報だけじゃ、あんたに——魔族に味方する気はないから」

「ああそうかよ！　なら、ちゃんとした証拠があればいいんだな⁉」

「そうね。そんなのあれば、だけどね」

フッ……とヤスリで研いだ爪の粉を息を吹きかけて払う。

「よしわかった！　プルシュカ、おれがその黒衣の魔王を連れてきてやるよ！」

と、そのときだった。

からんからん……♪

「お客さんだわ。さっさと帰って」

プルシュカは仕事モードに切り替える。

「ッ……！」

そこで、彼女は絶句する。

「わぁ！　兄さん見てみて、大人っぽいお店〜！　素敵だよー！」

「……そう、だね。ニィナ」

観光客だろう。

ネログーマからの帰り道、この宿場町に立ち寄る者は多い。

今、入ってきた一行もそんな感じだろう。

……だが、その中に。

「……なに、…………………あれは？」

一般女子に交じって一人、異質なオーラを放つ少年がいたのだ。

柔和な顔つき、黒いシャツにズボンというラフな格好。

……だが、彼が放つ異様な魔力は、なんだ？

「おい、どうしたプルシュカ？　顔が青いぞ……？」

ティガーは不思議そうに首をかしげる。

「あ、あんた……気づいてないの……？」

「は？　何にだよ？」

プルシュカは高等な魔法を扱える、優れた魔法力を持った魔族だ。

つまり、魔法に関する知識が深く、そして感受性は鋭敏。

だからこそ、プルシュカは気づけたのだ。

キルトが普段抑えている、【冥界の魔力】に。

「うぷ……なにこの……異質な魔力……」

とても人間が放つ魔力とは思えなかった。

彼が冥界で身につけ、鍛え上げたその魔力は……地上の魔族の誰も持っていない。

いや……いる。

正確にはいた。

かつて、この地上にいた……魔王。

彼が持っていた魔力こそ、今この少年が保有している【冥界の魔力】そのものだったのだ。

「……に、ニィナ。ここ、お酒飲む、お店……だ。お昼、ご飯……別のとこ、行こ？」

どうやら冥界の魔力保有者は、ふらりとこのお店に、お昼を食べに訪れたらしい。

「……じゃ、じゃああの女の子たちは、なんなの？」

少年……キルトの周りには、妹のニィナ、騎士のコーネリア、エルフのクリスティーナがいる。

キルト以外、特段目立った特徴はない。

「兄さん情弱だなぁ。ここはね、ランチもやってるんですっ。ね、店員さん？」

「え⁉ あ、……え、っと」

少女の一人に話を振られて、プルシュカは……大いに驚いた。

(に、認識阻害の魔法を、まだこっちは解いてないのよ⁉)

だというのに……。

(なぜあのチビ女、あたしに気づけたというのよ⁉)

魔王四天王の一人が張った、認識阻害の魔法。

それが効かなかった、あの小さな少女。

しかも冥界の魔力を持つ少年を、注意していた。

まさか……まさか……！

「店員さん？」

「あ、いえ！　も、申し訳ございません！　失礼いたしました！」

……そうだ。やっぱりそうだ。

（……あの女の子の方が、次期魔王なんだわ！）

このヤバい魔力を持つ男を従え、高等な認識阻害の魔法すら物ともしない。

その高い魔法力は、人間のそれじゃない！

こっそりと鑑定魔法を使う。

「うぷ……！」

プルシュカは口元を押さえて……。

「おいプルシュカ？　どうした？」

ダッ……！　と彼女はその場から離れる。

トイレに駆け込んで、中のものを吐き出した。

「げほっ、ごほ……あ、ありえない……なんなの……あれ……？」

「おいどうしたんだよプルシュカ？　大丈夫か？」

ティガーが心配そうな顔で近づいてくる。

「ふ……ふふ……！　あはは！　ティガー！」

「お、おう……なんだよ？」

プルシュカは笑顔で言う。

「いたわよ、魔王様！」

……そう、妹のニィナは聖女。

魔神王サタンが欲しがるほどの、凄まじい魔力を秘める少女。

それを知ったプルシュカは、ニィナこそが、次の魔王に相応しい人物だと気づいたのだ。

……いや、気づいたというか、勘違いというか。

「な、何言ってるんだよー？」

一方でティガーは鑑定魔法も持っておらず、魔法に対する感受性も低い。

だからキルトにも、そしてニィナの実力にも気づかなかった。

「あんたが望んでた、黒衣の魔族が来たのよ！」

「え⁉　ま、マジか⁉　どこに⁉」

「さっきのお客さんの中によ！」

目をキラキラさせるプルシュカ。

一方で、今度はティガーが疑心を目に宿している。

「おいおいプルシュカ、何バカなこと言ってるんだよ……こんな町にふらっと来るわけないだろ、そんな重要人物が」

「ばっか！　いたのよ！　たぶん帝国の騎士を追い払ったのはあの黒髪の兄貴のほうね。でも本丸は妹。あれは……化け物よ、正真正銘」

確かに間違えではない。

魔神王が欲するニィナの才能は、裏を返せば世界を手に入れるほどの力。

「その証拠に、高度な隠蔽魔法が施されているわ」

……おしい。

隠蔽ではなく、封印だ。

冥界の魔女ガーネットが、ニィナに平穏な日常生活を送れるようにと、ほどこした高度すぎる封印術。

「あんな高度な隠蔽術式は見たことない！　つまり、そんな高度な魔法を使える……すごい子ってことよ！　あの女の子は！」

……以上の思考を経て、ニィナを魔王だと、プルシュカは誤認したのである。

「いや……さすがにさっきのガキが魔王なんて、信じられないんだけど……」

「わかったわよ！　なら……証拠見せてあげるわよ！　それなら信じてくれるんでしょ！」

……こうしてプルシュカは、キルトとニィナに接触することにしたのだった。

32. ギルド職員、魔族も一蹴する

僕たちは家に帰る前に、宿場町に立ち寄って、昼食を摂(と)ることになった。

事前にニィナが調べていた、昼はランチをやっているバーを訪れた。

「いらっしゃい、ご注文どうぞ」

僕らが座っていると、そこに紫髪の優しそうなお姉さんが、メニュー表を持って現れる。

僕、ニィナ、コーネリアさんにチーナさん、四人で席に座っている。

「……あ、の。おすすめ、なん……ですか？」

僕は女性店員さんに尋(たず)ねる。

こういうときは店の人のおすすめを食べるのが一番だ。

「そうですね、こちらのメニューとかおすすめですよ」

女性店員さんが、僕に顔を近づける。

僕の持っているメニュー表をのぞき込む。

店員さんが、ぴったりと密着した。

「な、なんだかえっちぃ雰囲気ですぅ～」

確かに、店員さんが僕の後ろから、身を乗り出すようにしてくっついている。

むにっ、と柔らかい乳房の感触。

ふわりと甘い匂いが鼻腔をくすぐった。

「あとは、これもおすすめですよ……そう、ここ……」

ぴたり、と女性店員さんが僕の手に触れた、そのときだ。

「んぁ♡　はぁあああああああああん♡」

奇妙な声を上げて、店員さんがその場にしゃがみ込んだのだ！

「だ、大丈夫ですかっ？」

ニィナが慌てて声をかける。

「はぁ……はぁ……だ、だい……じょうぶ……です……」

店員さんが僕を熱っぽく見てくる。

「なに……この精気……今まで……食べたことがないくらい……おいしい……んぁ♡」

……店員さんのその目がギラついている。

な、なんだろう……こ、こわい……。

「……単純に、鑑定で能力を詳しく調べるつもりが、こんな……こんな味知っちゃったら……もう……」

店員さんがぺたんと座り込んで、上を向いて夢見心地の表情でつぶやく。

風邪でもひいてるのだろうか。

だとしたら、困るな。

ニィナに風邪、うつっちゃうじゃないかっ。

「ご婦人、気分が悪いのなら肩を貸そうか？」

コーネリアさんが心配そうに店員さんに言う。

「き、気遣い……結構よ。大丈夫」

「うむ……そうか。無理はしないようにな」

店員さんがぺこりと頭を下げて離れていく。

チーナさんがジーッと、さっきのお姉さんに目線を送る。

「あの店員、怪しいですぅ～」

「怪しいって、どういうこと、チーナさん？」

はて？　とニィナが首をかしげる。

「さっきの女の目……恋する乙女の目ですぅ。だーりんに、色目を使ってたですぅ！」

「まぁ！　じゃあ……あの人も兄さんのことが好きなのかな？」

「おそらく……！　ちーなの目に、狂いはない！」

きゃっきゃ、と二人がどうでもいい話で盛り上がる。

どうでもいいけどニィナが楽しそうなのでOKです！

「うむぅ、またライバルが増えるのか。それは由々しき事態だぞ……」

コーネリアさんがテーブルに肘をついて頭を抱える。

「私は……私は……ぐぅ……」

どさっ！

「……え？」

そのままコーネリアさんが、テーブルに突っ伏して、寝息を立て始めたのだ。

「……どう、したの？　コーネリアさん？」

僕は彼女の肩を揺する。

けれど、ぐっすりと寝ているのか、全く反応を示さない。

「……ニィナ、チーナさん、なにか……変だ……って、あれ？」

チーナさんも、ニィナも、眠っている。

二人寄り添うようにして動かないでいる。

「……どう、なって、るの？」

と、そのときだった。

凄まじい魔力の波動を感じた。

振り返ると、そこには悪魔の角と翼を生やした美女が立っている。

「……だ、れ？　なに？」

「あたしは……プルシュカ。魔族……淫魔さ」

サキュバス……？　聞いたことない。

ていうか魔族自体あんま知らない。

「……ほんとは、あんたの魔力を調べるだけ、のつもりだったんだけど……」

なんか強い人、というのは魔力を感知してわかった。

「……もう、だめ、体が火照ってしょうがない……あなたが、欲しくて……堪らないの……」

というか、ここまで強い魔力を隠蔽しておくことができるなんて……。

「仲間に引き込むとか、魔王とか……どうでもいい……あなたの……精気が、ほしいのぉ……」

この人、強い。

相当、できるぞ。

……てゆーか、さっきから何ごちゃごちゃ言っているんだろう、このプルシュカってひと。

「……警告、だよ」

僕は近づいてくるプルシュカに言う。

「……僕、は、無駄な……戦い、嫌い。妹に、手を出さないなら……見逃す」

続いて冥界の魔本を出現させ、威嚇する。

けれど彼女の目に揺らぎはない。

……なんか、瞳孔がハート型になってるけど、よくわからない。

「……欲しい。欲しいのぉ……」

なんだと！

やっぱり……こいつも魔神と同じ目的なんだ。

聖女の力を持つニィナを、奪いに来たんだ！
ちくしょう、どうしてこう、次から次へ、厄介ごとが舞い込んでくるんだ。
「……召喚領域、展開」
魔本から無数のページが吐き出される。
領域が展開され、その中にいるプルシュカを外に強制転移させる。
ここにいるとニィナやみんなの迷惑になる。
僕もまた外へとテレポートする。
領域内なら僕も自由に出入りできるからね。
「……夜に、なってる？」
知らぬ間に周囲が暗くなっていた。
時間が経過……？　いや、違う。
結界術だ。
この町にいる人間を、みな結界内に取り込んで、強制的に眠らせる術のようである。
戦っている姿を人に見られる心配がなくて好都合ではある。
けど……やはり、だ。
ここまで強力な眠りの結界を、広範囲にわたって展開できるなんて。
「はぁ……はぁ……はぁ……はぁああん♡」
プルシュカは空中に留（とど）まって、熱心に僕を見てくる。

目が血走っている。よほどニィナが欲しいらしい。

息が荒い。興奮しているのだろう。戦闘準備はばっちり、ってことか。

「……召喚【炎の魔神】」

僕は前に倒した炎の魔神を喚び出し、プルシュカの体を燃やす。

女性に手を上げることは気が引けるけど、ニィナを奪うつもりなら話が別だ。

業火が一瞬にしてプルシュカを包み込む。

「………………」

炎を振り払って、プルシュカが突っ込んでくる。

なんて高い魔法抵抗力。

魔神の攻撃を受けてもびくともしない。

「……召喚【剣の魔神】」

無数の剣が彼女を取り囲む。

僕の命令で、いっせいに剣が彼女めがけて突進する。

「万象斥引力」

プルシュカが重力魔法を使ってくる。

僕の放った無数の剣を、重力場を操作して打ち落とす。

「ほしいい！　あなたが！　ほしいのぉお！」

高速機動に切り変えて、プルシュカが接近してくる。

僕は領域内にいるため、空中だろうと自在に動ける。

しかし、僕の動きについてくるプルシュカ。

その目は赤くランランと輝いている。

そこまで……欲しいのか。

ニィナが……。

「……やら、せないよ」

僕はバッ、と右手を前に出す。

「……魔法召喚【万象斥引力】」

その瞬間、空中にいたプルシュカの体が、一気に地面に叩きつけられる。

ぐんっ、と押しつけられて、地面にクレーターを作った。

「な、にが……？　い、まのは……魔族の、究極魔法……人間が、つかえるはず、ないのに」

倒れ伏すプルシュカに、僕は説明する。

「……召喚領域、内、僕の、テリトリー。触れたもの……自在に、喚び出せる。君の……魔法も、領域内で、使われた。僕も、喚び出せる」

「……なる、ほど……やはり、あなたは……素晴らしい……」

がくん、とプルシュカが気を失う。

……さて、ニィナを奪おうとする不届き者は、きちんと排除しないと。

「……じゃあ、ね」

そのときだった。

「お待ちください、魔王様ぁあああああああああああああ！」

僕とプルシュカの間に、虎の頭を持った大男が割り込んできた。

「……だ、れ？」

「わたくしめはガーディ・ティガー！　この女……プルシュカと同じ、魔族です！」

僕は魔本を開いて言う。

「……君、も、ニィナ……狙う、の？」

「とんでもございません！　魔王様！」

ぶるぶる！　とティガーが激しく首を左右に振る。

「プルシュカも別にあなた様の妹君をどうこうするつもりは毛頭ございません！」

あ、なんだ……よかった。

あれ、もしかして……僕の勘違いだった？

ど、どうしよう……。

「わたくしめはただ！　あなた様に……魔王様にお仕えしたいだけなのですぅ！」

「……伝承召喚【治癒の女神エイル】」

僕は女神を召喚して、プルシュカのケガを治す。

「おお！　あの大けがが一瞬で治るとは！　いやぁ、さすが魔王様だぁ！」

……ティガーが、なんかうるさく言ってるけど、無視。

「魔王様！　わたくしはあなた様のような強き魔の者と出会えて光栄でございます！」

てゆーか、うん、もうさっさと帰ろう。

長居してるとロクなことにならないな。

「さぁ！　いっしょに世界を征服いたしましょう！」

「……魔法召喚【転移】」

ぶん！　と、体がブレて、ニィナと僕、そしてコーネリアさんたちは、その場から消える。

僕らのホームタウンへと、一瞬で跳んだ。

「さすが魔王様！　転移も容易(たやす)くこなすとは！　待っていてくださいね魔王様！　必ずやあなた様のもとへすぐまた参上いたしますからねぇええ！」

……去り際(ぎわ)、そんなことを言われたのだった。

33. ギルド職員、多くの人が訪れる

妹たちとの旅行を終えた、翌日。

ギルドの受付カウンターにて。

「ねーねー、キルトくん。バカンスどうだったー？」

隣のカウンターに座ってロリ巨乳ことリザ先輩が問うてくる。

今は昼過ぎ、ちょうど忙しくない時間帯だ。

「……たのしかった、です」

「そりゃよかった！　ニィナちゃんも喜んでたでしょー？」

「……はい、すっごくっ」

「だよねー、お兄ちゃんと一緒に旅行だもん。そりゃ楽しくないわけがない！　いい家族サービスしたね、キルトくんっ」

正直、かなり色々あった。

帝国の皇女が押しかけてきたり、帝国最強騎士と戦ったり、魔族と出会ったり、魔族に魔王扱いされたり……。

めっちゃ、疲れたぁ……。

けど、いいんだ。

ニィナの笑顔が一番なんだ。

妹が家に帰ってきて、寝ているときの顔を思い出す。

……すごく満ち足りた、幸せそうな顔をしていた。

あれが見れただけで、僕は満足なのだから。

「ぬふーん。幸せそうな顔しちゃって～」

「……そ、んな顔、してまし、た？」

「おうともよ。キルトくん変わったね。ここに来た当初は、こわーい顔してたけど、今はうん、やわらかーい顔してる」

柔らかい顔ってなんだろう？

でも……前より生きるのが楽しいって思うのは、ほんとうだ。

たぶん、そういうことなのかもしれない。

「……僕、幸せ、です。このギルド、大好き。ここ、来てから……幸せ、いっぱい。ずっと……ずっと、いたいです」

「ぬはは！　嬉しいこと言ってくれるじゃーん！　あたしもキルトくんみたいな可愛い後輩くんと、ずっとお仕事できたらなーって思うよー！」

ああ、この幸せな時間が、ずっと続けば……。

と、そのときだった。

「「「キルトは、いるかー⁉」」」

ギルドの入り口に、見知った顔がたくさんあった……。

僕は手で顔を覆う。

「え、なに？　あの人たち、キルトくんの知り合い？」

「……知らない、ひと、です」

とは言いつつも、顔は知っている。

「ここにキルトがいるんでしょ⁉　出しなさい！　あいつはあたしの婚約者として、連れて帰るんだから！」

帝国の皇女アリカ。

「キルトはいるだろ⁉　今日こそ雌雄を決するとき！　さぁ、いざ尋常に勝負！　今度こそ勝利し、お嬢様に私の方が有用だと証明する！」

帝国最強の騎士ディカプリア。

「キルト様！　ぜひ、わが陣営に力をお貸しいただきたいー！」

虎の魔族。ガーディ・ティガーだ。フードで顔を隠しているけど、ガタイでバレバレだよ！

「はぁん♡　キルト様……あなた様がほしくてほしくて……もう濡れ濡れなのです……どうか一口でも、先っちょだけでいいので、お恵みくださいましぃ～♡」

淫魔の魔族プルシュカ。

夏のバカンスで出会った、ヤバい人たちが、いっせいに襲来してきたのだ。

「……もう、勘弁して」

せっかくギルドに馴染んできたって思ったのに……。

「キルト出しなさいよ！」

「キルトを出すんだ！　決闘決闘！」

「キルト様ぁ！　ぜひわれをあなた様の配下に加えていただきたくー！」

「キルトさまぁぁあん♡」

と、そのときだ。

「騒々しい、なにをしておるのじゃ、おぬしら？」

銀髪の少女ヘンリエッタさんが、二階から慌てて降りてきた。

「「「ギルマス！」」」

その後ろには、いつの間にかリザ先輩がいた。

ぐっ……と親指を立てている。

どうやらいち早く、ギルマスを呼んでくれたみたいだ！

先輩！　ありがとう！

「キルトってやついるでしょ？　出しなさいよっ」

アリカがヘンリエッタさんに詰め寄る。

けれど彼女はこちらをチラッと見た後、ため息をついて言う。

「キルトはただいま外出中じゃ」

どうやら、庇ってくれているみたいだ。

ありがたい……。

「じゃあここで待ってるわ！」

「申し訳ないがしばらく出張中でな。お引き取り願いたい」

「くっ……！　いないんじゃしょうがないわね」

よ、よかったぁ……帰ってくれるみたいだ。

「しばらくこの街に滞在するから、また来るわ」

「私も！」「自分も！」「わたくしも！」

……再び僕は顔を手で覆って、しゃがみ込む。

平穏という二文字が、ガラガラと音を立てて崩れていくイメージが脳裏をよぎった。


ほどなくして、僕はギルマスの部屋に呼び出されていた。

「ほれ、紅茶じゃ。飲むがよい」

ソファに座る僕の前に、ティーカップを置いてくれる。

「災難じゃったなぁ」

「……はい。その、ごめん……なさい」

「？　何を謝っておるのじゃ？」

「……ギルド、いっぱい……めーわく、かけちゃって……」

ヘンリエッタさんは苦笑して言う。

「こんなの迷惑のうちに入らんわ。気にするでない」

なんてことないように、彼女が笑ってくれる。

……僕は、嬉しかった。

庇ってくれたことも、迷惑をかけても、笑って許してくれたことも。

「……僕、追放、されて……よかった、です」

僕はヘンリエッタさんを真っ直ぐに見て言う。

「……こんな、素晴らしい、ギルド、来れて……幸運、でした」

「うむ、そうか。ふふっ……でもなキルトよ。わしもまた、おぬしを拾えたこと、とてもラッキーに思ってるのじゃよ」

慈しむような眼差しを僕に向けながら、彼女が言う。

「おぬしが来てくれたおかげで、父から託されたこのギルドが、より発展を遂げることができた。それはおぬしが呼び込んでくれた幸運のおかげじゃよ。ありがとう」

……ほんと、ここに来てよかった。

最高の職場、最高の同僚、そして……最高の上司。

こんな素晴らしいホワイトな環境で働けることが、嬉しくてたまらなかった。

「泣くなキルトよ。おぬしは笑っていた方が似合っているよ」

「……はいっ！」

ヘンリエッタさんは笑顔で頷いて、僕に手を差し伸べる。

「これからもよろしくな、冥界より帰還せし、妹想いの召喚士よ」

捨てられたあの日、僕にそうしてくれたように。

彼女がまた、僕に手を差し伸べてくれる。

「……はいっ！　がんばります！」

僕はその手を摑んで、もう二度と離さないと、そう固く決意するのだった。

あとがき

初めまして、茨木野（いばらきの）と申します。

この度は、「落ちこぼれギルド職員、実はSランク召喚士だった（以下、本作）」をお手に取ってくださり、ありがとうございます。

本作の内容について説明します。Sランク冒険者ギルドで働いてる主人公が、ある日理不尽にクビになってしまう。無能と見下されていた主人公が、実は世界最強の召喚士だったと判明。新しい冒険者ギルドに転職した主人公は、周囲からその実力を認められていく……と。

追放ざまぁ＋能ある鷹は爪を隠す主人公の無双譚となっております。

尺が余ったので近況報告でも。

最近、僕の大学時代の友達に、子供が生まれました。彼は同級生……つまり同い年です。美人の嫁さんと結婚して、マイホームを建て、しかも可愛い子供まで生まれて。うぅ劣等感。

まあそれはさておきです。友達から、お子さんの画像とともに、その子の名前が送られてきました。誕生日である春を連想させる文字を使い、かつ書きやすく、また文字から圧倒的知性を感じられ、しかも可愛い。そんなウルトラパーフェクトな、素敵な名前を、親である友達がつけていたのです。普通に、ネーミングセンスあって、すげえなぁ……って思いました。

一方、僕のネーミングセンスは、僕の作品を読んでるひとならわかるかもしれませんが、だいぶアレです（アレって何だ……）。だいぶダサいです（ストレートど真んなか）。女キャラの名前に『ブリコ』だの『クスミ』だの『ハスレア』だの……と。だいぶセンスが終わってます……。

友達のお子さんは、センスのある親のもとに生まれて、幸せもんだなぁ、って思いました。そして、俺のもとに生まれたお子さんは、ほんと……ごめんなさい……。

まあ嫁さんはおろか、カノジョもいないいんすけどね。ハハッ！（乾いた笑み）

続いて、謝辞を。

イラストレーターの『ana（あな）』様、素敵なイラスト、ありがとうございます！　特に、カバーでお兄ちゃんにお姫様だっこされてるニィナちゃん、最高でした！

編集のG様。今回も大変お世話になりました。素敵な本にしてくださり、ありがとうございます。そして、この本を手に取ってくださっている読者の皆様。

この本を出せるのは皆様のおかげです。ありがとうございます。

最後に、宣伝があります。

講談社様から、『辺境の薬師、都でSランク冒険者となる』というラノベ&漫画が発売中です！　この作品のキルトくんと同様、自分の力に無自覚でも最強の無双譚となっております！

こちらも是非！

それでは、皆様とまたお会いできる日まで。

二〇二四年四月某日　茨木野

ダッシュエックス文庫

落ちこぼれギルド職員、実はSランク召喚士だった
～定時で帰るため、裏でボスを倒してたら追放されました～

茨木野

2024年5月29日　第1刷発行

★定価はカバーに表示してあります

発行者　瓶子吉久
発行所　株式会社　集英社
〒101−8050　東京都千代田区一ツ橋2−5−10
03(3230)6229(編集)
03(3230)6393(販売／書店専用) 03(3230)6080(読者係)
印刷所　株式会社美松堂／中央精版印刷株式会社
編集協力　後藤陶子

ISBN978-4-08-631503-6 C0193